悠 悠 我 思

擴大出版領域影響力
創造學術界更大價值

香港城市大學出版社與廣西師範大學出版社自2017年建立策略夥伴合作關係，結合雙方在文化與出版上的影響力，香港城市大學出版社及廣西師範大學出版社共同策劃，並合作出版學術專著及大眾讀物，聯合引進有共同意向和市場前景的國外版權圖書，分別在內地和香港出版發行。

香港城市大學出版社 1996 年成立，是香港城市大學的出版部門，一直致力於推動學術研究，傳播知識和富創意的作品，以及提升知識轉移。香港城市大學出版社主要出版三類書籍：學術書籍、專業書籍及一般書籍，範圍涵蓋文、理、工、社科、商、教育及法政等方面，尤其專於出版有關中國研究、香港研究、亞洲研究、政治和公共政策的書籍，竭力出版具地區影響力及長遠價值的作品。

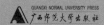

廣西師範大學出版社於 1986 年 11 月 18 日在桂林成立。多年來，出版社堅持為教學科研服務的出版方向和社會效益優先的出版方針，以「開啟民智，傳承文明」為追求，為履踐自身的文化使命，在以教育出版為中心的基礎上，優化圖書結構，形成了一軸（教育出版）兩翼（學術人文和珍稀文獻出版），多元並舉的出版格局。

青青子衿 系列

鄭培凱 主編

悠悠我思

隱堂

葛劍雄

CITY UNIVERSITY OF
HONG KONG PRESS
香港城市大學出版社

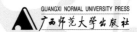

GUANGXI NORMAL UNIVERSITY PRESS
廣西師範大學出版社

統　籌	陳小歡
實習編輯	歐陽家欣（香港城市大學媒體與傳播系二年級）
書籍設計	蕭慧敏　Création 城大創意製作

鳴謝

本叢書名「青青子衿」及書名「悠悠我思」由鄭培凱教授題字，謹此致謝。

國際統一書號：978-962-937-328-3

出版

　　香港城市大學出版社
　　香港九龍達之路
　　香港城市大學
　　網址：www.cityu.edu.hk/upress
　　電郵：upress@cityu.edu.hk

The Thoughts of Chinese Culture and History

(in traditional Chinese characters)

ISBN: 978-962-937-328-3

Published by

　　City University of Hong Kong Press
　　Tat Chee Avenue
　　Kowloon, Hong Kong
　　Website: www.cityu.edu.hk/upress
　　E-mail: upress@cityu.edu.hk

Printed in Hong Kong

目錄

第三編　學者・藏書

第四編　書序・回憶

總序

　　香港城市大學出版社邀約我編一套叢書，希望由著名的人文學者來執筆，反映文、史、哲、藝各個領域的學術研究，最好是呈現長期累積的研究心得與新知，厚積薄發，深入淺出，讓一般讀者讀得興味盎然。這一套書要有學術內容，但不是那種教科書式的枯燥羅列，或是充滿了學術術語與規範的高頭講章。社長與副社長跟我討論了一番，勸我出面聯繫學界名流，請他們就自己著作中，挑選一些比較通俗而有啟發性的文章，或說說自己在學術研究上最有開創性的心得，編輯成書，出版一個系列，以吸引關心人文知識的讀者，並能刺激青年學者，啟導他們在學術研究的道路上，得到前輩的啟發，追尋有意義的學術方向。

　　大學出版社出版學術書籍，一般有兩種類別與方向：一是毫無趣味的入門性教科書，雖然言之有物，卻乾巴巴的，呈現某一學術範疇的全面知識，主要提供基礎學問給學生，可以作為回答考試的標準答案。另一類則是學術專題的深入研究，將學者鑽研多年所累積的學術成果撰寫成專著，解決特定的學術問題，為學術的提升貢獻新知，是專家寫給專家看的書籍。

　　出版社想出的這一套叢書系列，是希望我聯絡學界耆宿，說服他們寫隨筆文章，揭示自己潛泳在學海中的經驗與心得，既要有知識性，有學術的充實內涵，又要有趣味性，點出探求學術前沿與新知的體會。其實，這類文章最難寫，先得吃透了整個學術領域的知識範疇，潛泳其

間，體會出知識體系的脈絡，然後像葉天士那樣的名醫把脈一樣，知道學術研究的病灶難點，指出突破的方向與探索的前景。出版社希望的目標，聽起來很有道理，說起來很輕巧，卻是最難以做到的。

現在有許多學術著作，展示了刻苦鑽研的成果，像清朝的考證學一樣，旁徵博引，把古往今來的相關知識全都引述了一通，類似編了本某一專題的註解大全，最後才說出幾頁自己的研究心得。有些論述長篇累牘，往往沒有什麼新意，只讓我們看到作者皓首窮經的辛苦耕耘，卻不一定有什麼收穫。這樣的研究專著，看來是為了學術職場的升等，寫給學術考核的專家們看的。精深難懂的研究專著，有其出版的必要，因為它總是長期學術耕耘的成果，功不唐捐，甚至有可能是可以傳世的巨作，要經過好幾代學者的分析才能體會其中的奧義。但是，一般而言，大量的學術專著也只是顯示了作者的努力，讓學術同行認可其專家的地位，是給少數研究者看的。有他不多，沒他不少，對學術的發展與知識的傳播，似乎無關緊要。一般的知識精英，對學術有興趣，是想知道研究領域出現了真知灼見，能夠啟動深刻的人文思考，並不想知道某一專題研究的過程與細節，就好像人們都對科學研究的成果感到興趣，卻不肯待在實驗室裏，跟着科學家長年累月觀察實驗的過程。所以，出一套叢書，請學術名家就他們畢生研究的經驗，以隨筆的形式，總結一下心得，則是大家都喜聞樂見的。

接受了出版社的委託，聯絡了一些朋友，大家都很給面子，說「應該的，應該的」，做了一輩子學問，也該總結一下，讓一般讀者知道探求學問的門徑，理解人文學術研究的心路歷程。反正都到了退休的年齡，完全不必理會學術職場的名利，可以靜下心來反思自己的學術道路，如何可以金針度人。大家有了撰著的興趣，都問我，這套學者隨筆叢書的名稱是什麼。我突然福至心靈，好像是天上文曲星派個小精靈來點醒，脫口就說，「青青子衿，悠悠我心」，有了，就是「青青子衿」系列。

「青青子衿」一詞，來自《詩經‧鄭風‧子衿》，詩不長，只有三段：

> 青青子衿，悠悠我心。縱我不往，子寧不嗣音？
> 青青子佩，悠悠我思。縱我不往，子寧不來？
> 挑兮達兮，在城闕兮。一日不見，如三月兮。

按照漢代學者的解釋，是講年輕人輕忽了學習，讓老師們有點擔心，希望他們回到學校，認真讀書。陳子展先生是這樣譯成白話的：

> 青青的是你的衣領，悠悠不斷的是我的憂心。縱使我不往你那裏去，你難道就不寄給我音訊？青青的是你的佩玉綬帶，悠悠不斷的是我的心懷。縱使我不到你那裏去，你難道就不到我這裏來？溜啊踏啊，在城闕啊。一日不見，如三月啊！

這首詩的解釋，過去是有歧義的，主要是朱熹推翻漢代以來的詮釋，認定了「鄭風淫」，所以，這也是一首男女淫奔之詩。結果朱熹的說法成了明清以來的正統解釋，連現代人談情說愛，也都喜歡引述這首詩，特別是「一日不見，如三月兮」這兩句，很容易就聯想到《王風‧采葛》同樣的詩句，讓人日思月想，情思綿綿。其實，認真說起來，朱熹的說法並不恰當，這首詩也不是一首「淫詩」。漢代的《毛傳》明確指出，「《子衿》刺學校廢也。亂世，則學校不修焉。」對「嗣音」的「嗣」字，解釋得很清楚：「嗣，習也。古者教以詩樂，誦之歌之，絃之舞之。」至於「一日不見，如三月兮」，《毛傳》說，「言禮樂不可一日而廢。」鄭玄則箋解說：「君子之學，以文會友，以友輔仁。獨學而無友，則孤陋而寡聞。」唐代孔穎達《毛詩正義》更延伸解釋：「禮樂之道，不學則廢，一日不見此禮樂，則如三月不見也，何為廢學而遊觀乎？」大體說來，從漢到唐的經解詮釋，說的是嚴師益友，互勉向學的意思，比起朱熹突然指為「淫奔之詩」，要恰當得多。

清末的王先謙在《詩三家義集疏》中，引述古人對《子衿》一詩的理解與傳述，是這麼說的：

> 魏武《短歌行》：青青子衿，悠悠我心。但為君故，沉吟至今。雖未明指學校，但無別解。北魏獻文詔高允曰：道肆陵遲，學業遂廢。《子衿》之嘆，復見於今。《北史》：大寧中徵虞喜

為博士，詔曰：喪亂以來，儒規陵夷，每攬《子衿》之詩，未嘗不慨然。宋朱子《白鹿洞賦》：廣《青矜》之疑問，宏《菁莪》之樂育。皆用《序》說。

列舉了曹操以來，歷代對《子衿》的理解與認識，包括朱熹的《白鹿洞賦》在內，都同意《毛序》的詮釋，是關心學業，沒有人提起「淫奔」的想法。也不知道朱熹撰寫《詩經集傳》的時候，是否突然吃錯藥了，滿心只想男女之事，讓後人想入非非。

當然，詩無達詁，可以隨你解釋，只要解釋得通就好。我們採用漢代去古未遠的解釋，希望青年讀者讀了這套書，可以對學術發生興趣，在人文思維方面得到啟發。假如你堅持「青青子衿」是首情詩，那更好，希望你能愛上這套書。

鄭培凱

第一編

議古・論今

厓山之後

　　公元 1279 年 3 月 19 日（宋帝昺祥興二年、元世祖至元十六年二月癸未），宋元在厓山（今廣東江門市新會區南海中）海上決戰，宋軍潰敗，主將張世傑退守中軍。日暮，海面風雨大作，濃霧迷漫，張世傑派船來接宋帝出逃。丞相陸秀夫估計已無法脫身，先令妻子投海，然後對九歲的小皇帝趙昺説：「國事如此，陛下當為國死。」背着他跳海殉國。

　　七天後，海面浮起十萬餘屍體，有人發現一具穿着黃色衣服、繫着玉璽的幼屍，元將張弘範據此宣佈了趙昺的死訊。消息傳出，完全絕望的楊太后投海自殺。張世傑被地方豪強劫持回廣東，停泊在海陵山（今廣東陽江市海陵島），陸續有些潰散的部眾駕船來會合，與張世傑商議返回廣東。此時風暴又起，將士勸張世傑棄舟登岸，他説：「無能為力了。」張世傑登上舵樓，焚香祈求：「我為趙家已盡了全力，一位君主死了，又立了一位，如今又死了。我之所以不死，是想萬一敵兵退了另立一位趙氏後裔繼承香火。現在又刮那麼大的風，難道是天意嗎？」風浪越來越大，張世傑落水身亡。

　　至此，南宋的殘餘勢力已經全部滅於元朝。

本文曾以「不可説厓山之後再無中國」為題，刊於《騰訊網・大家》2015 年 7 月 11 日。

一年後的至元十七年，被俘的宋將張鈺在安西以弓弦自縊而死。此前張鈺曾為宋朝固守合州，元將給他送去勸降書：「君之為臣，不親於宋之子孫；合之為州，不大於宋之天下。」（你不過是宋朝的臣子，不比皇室的子孫更親；合州不過是一個州，不比宋朝的江山更重要。）但張鈺不為所動，直到部將叛變降元，自己力竭被俘。

　　另一位宋朝的忠臣文天祥，於宋祥興元年（元至元十五年，1278年）十二月被元兵所俘。他堅貞不屈，以各種方法自殺，或有意激怒元方求死。被押抵大都（今北京）之初，文天祥仍求速死，但言辭中已不否認元朝的既成地位，在自稱「南朝宰相」、「亡國之人」時，稱元朝平章阿合馬為「北朝宰相」。此後，文天祥的態度發生了微妙的變化，據《宋史·文天祥傳》，在答覆王積翁傳達元世祖的諭旨時，他說：「國亡，吾分一死矣。儻緣寬假，得以黃冠歸故鄉，他日以方外備顧問，可也。若遽官之，非直亡國之大夫不可與圖存，舉其平生而盡棄之，將焉用我？」如果說《宋史》係元朝官修而不足信，王積翁有可能故意淡化文天祥的對抗態度，那末鄧光薦所作《文丞相傳》的說法應該更可信，《傳》中文天祥的回覆是：「數十年於茲，一死自分，舉其平生而盡棄之，將焉用我？」但除了沒有讓他當道士及今後備顧問二事外，承認元朝已經取代宋朝的態度是一致的。

　　而且，在文天祥被俘前，他的弟弟文璧已在惠州降元，以後出任臨江路總管。據說文天祥在寫給三弟的信中說：「我以忠死，仲以孝仕，季也其隱」；明確了三兄弟的分工。實際上，文氏家族的確是靠文璧贍養，文天祥被殺後，歐陽夫人是由文璧供養的，承繼文天祥香火的也是文璧之子。這更說明，根據文天祥的價值觀念，

他是宋朝的臣子，並出任過宋朝的丞相，宋朝亡了就應該殉難，至少不能投降元朝當它的官。但他承認元朝取代宋朝的事實，包括他的家人、弟弟、妻子在內的其他人，可以當元朝的順民，甚至出仕。也就是說，在文天祥心目中，這是一場改朝換代，北朝戰勝南朝，新朝取代前朝。

另外一位宋朝的孤忠的基本態度，與文天祥相同。

曾經擔任宋江西招諭使的謝枋得，曾五次拒絕元朝徵召。在答覆那些奉命徵召的官員時，謝枋得說得很明白：「大元制世，民物一新。宋室孤臣，只欠一死。枋得所以不死者，九十三歲之母在堂耳。」「世之人有呼我為宋逋臣者亦可，呼我為大元游惰民者亦可，呼我為宋頑民者亦可，呼我為皇帝逸民者亦可。」「且問諸公，容一謝某，聽其為大元閒民，於大元治道何損？殺一謝某，成其為大宋死節，於大元治道何益？」也就是說，他承認宋朝已亡，元朝已立，只要元朝不逼他出來做官，願意當一名順民，不會有什麼反抗的舉動。但元福建參知政事魏天祐逼他北行，他最終只能在大都絕食而死。

態度最堅決的是鄭思肖，在宋亡後他依然使用德祐的年號，表明他不承認元朝，希望能等到宋朝的「中興」。但到「德祐九年」，即文天祥死後次年，他也不再用具體的年份記錄，證明他對復國已完全絕望，實際已不得不接受元朝存在的事實。不過，像鄭思肖這樣的人在宋遺民中亦屬絕無僅有。

這一方面固然是由於元朝已經擁有宋朝全境，除非逃亡越南或海外，宋朝遺民只能接受既成事實，即使他們心中不承認元朝。另一方面，宋朝從一開始就沒有能統一傳統的中國範圍，早已習慣了

與「北朝」相處，並且實際上已經將它們看成中國的一部分。宋朝與遼、金的關係，如果從名義上說，宋朝往往居於次位，如不得不稱金朝皇帝為「大金叔皇帝」，而自稱「大宋侄皇帝」。宣和二年（1120 年）宋朝與金朝結盟滅遼，紹定五年（1232 年）與蒙古聯合滅金，都已將對方視為盟國或敵國。所以，在宋朝的忠臣和遺民的心目中，只會是厓山以後無宋朝，卻不會是厓山以後無中國。

那麼，厓山以後的元朝和元朝以降的各朝是否還是中國呢？

首先我們得確定中國的定義。

目前所見最早的「中國」兩字的證據，是見於青銅器「何尊」銘文中的「宅茲中國」。從銘文的內容和上下文可以斷定，這裏的「中國」是指周武王滅商前的商朝都城，即商王所居。自然，在周滅商後，周朝首都就成了新的「中國」。顯然，那時的中國，是指在眾多的國中居於中心、中央的國，地位最高、最重要的國，當然非作為天下共主的天子所居都城莫屬。

但從東周開始，隨着周天子及其權威的不斷喪失以至名存實亡，隨着諸侯國數量的減少和疆域的擴大，到戰國後期，各諸侯已無不以中國自居。到秦始皇滅六國，建秦朝，中國就成了秦朝的代名詞，並且以後各朝所繼承，直到清朝。1912 年中華民國建立，中國成了國號的簡稱和國家的名稱。在分裂時期，凡是以正統自居的或以統一為目標的政權，包括少數民族入主中原所建政權，或佔有部分中原地區的政權，都自稱中國，而稱其他政權為島夷、索虜、戎狄、僭偽。但在統一恢復後，所有原來的政權中被統一的範圍都會被當作中國。如唐朝同時修《北史》、《南史》，元朝《宋史》、《遼史》、《金史》並修，以後都已列入正史。

蒙古政權剛與金朝對峙時，自然不會被金朝承認為中國，它自己也未必以中國自許。到與南宋對峙時，蒙古已經滅了金朝，佔有傳統的中原和中國的大部分，特別是以「大哉乾元」得名建立元朝後，蒙古統治者已經以中國皇帝自居，以本朝為中國。就是南宋，也已視元朝為北朝，承認它為中國的北方部分。到元朝滅南宋，成了傳統的中國範圍裏的唯一政權，無疑是中國的延續。就是文天祥、謝枋得等至死忠於宋朝的人，也是將元朝視為當初最終滅了南朝的北朝，而不是否定它的中國地位。

所以，就疆域而言，元朝是從安史之亂以後，第一次大致恢復了唐朝的疆域；儘管今新疆的大部分還在察合台汗國的統治之下，西界沒有到達唐朝極盛時一度控制的阿姆河流域和錫爾河流域，但北方和東北都超過唐朝的疆界，對吐蕃的征服也使西藏從此歸入中國，元朝疆域達到了中國史上空前的遼闊，遠超出了以往的中國範圍。在此範圍內已經沒有第二個政權，要說元朝不是中國，那天下還有中國嗎？明朝的中國法統從哪裏來？

如果將中國視為民族概念和文化概念，的確主要是指自西周以降就聚居在中原地區的諸夏、華夏，以後的漢族及其文化；而周邊的非華夏、非漢族（少數民族）被視為夷狄，稱為東夷、西戎、南蠻、北狄，它們的文化自然不屬中國文化。華夏堅持「夷夏之辨」、「夷夏大防」是重要的原則，並一再強調「非我族類，其心必異」。但是隨着華夏人口的不斷擴展，非華夏人口的持續內遷，華夏或漢族的概念早已不是純粹的血統標準，而成了對地域或文化的承認，即凡是定居在中國範圍或者被擴大到中國範圍內的人，無論以什麼方式接受了中國文化的人，都屬於中國。

當成吉思汗及其部族還活動於蒙古高原時，當蒙古軍隊在華北攻城略地後又退回蒙古高原時，他們在中原的漢、女真、契丹、黨項等的心目中，自然不屬中國，他們也沒有將自己當作中國。但當忽必烈家族與他的蒙古部族成了中原的主人，並且基本在傳統的中國定居後，蒙古人在元朝擁有比其他民族更高的地位或更大的特權，佔人口絕大多數的漢人不得不接受他們為中國。而當蒙古人最終成為文化上的被征服者時，連他們自己也以成為中國人為榮了。儘管這一過程因人而異、因地而異、即使自覺堅持蒙古文化的人，只要在元朝覆滅後還留在明朝境內，他們的後人也不得不接受主流文化，最終被「中國」化。

　　東漢以後，大批匈奴、羌、氐、鮮卑等族人南下或內遷，廣泛分佈於黃河中下游各地，還形成了他們的聚居區。三國期間，今陝西北部、甘肅東部和內蒙古南部已經成了「羌胡」的聚居區，東漢與曹魏已經放棄對那裏的統治，撤銷了行政機構。西晉初年，關中的「羌胡」已超過當地總人口的一半，匈奴已成為山西北部的主要人口，遼東成了鮮卑的基地。此後的「十六國」中，由非華夏（漢）族所建佔 14 個，在戰亂中產生數百萬非華夏流動人口。但在總人口中，非華夏各族始終處於少數，並且隨着他們不斷融入華夏，在總人口中所佔的比例日益降低。

　　從十六國中第一個政權建立起，「五胡」各族的首領無不以本族與華夏的共主自居，幾乎完全模仿以往的中原政權，移植或引進華夏的傳統制度。有的政權雖然實行「一國兩制」，在稱王登基的同時還保留着部族制度，但隨着政權的持續和統治區的擴大，特別是當它們的主體脫離了原來的部族聚居區後，部族制度不可避免地

趨於解體。到北魏孝文帝主動南遷洛陽，實施全面漢化後，儘管出現過多次局部的反覆，鮮卑等族的「中國化」已成定局。

東晉與南朝前期，南方政權與民眾都將北方視為異域，稱北方的非華夏人為「索虜」。但北方政權逐漸以中國自居，反將南方人稱之為「島夷」。隨着交往的增加，雙方有識之士都已承認對方為同類，有時還會作出很高的評價。如北魏永安二年（529 年），梁武帝派陳慶之護送元顥歸洛陽，失敗後陳慶之隻身逃歸南方。儘管當時北魏國力大衰，洛陽遠非全盛時可比，還是出乎陳慶之意外，在南歸後說了一段發人深省的話：

> 自晉宋以來，號洛陽為荒土，此中謂長江以北，盡是夷狄。昨至洛陽，始知衣冠士族，並在中原。禮儀富盛，人物殷阜，目所不識，口不能傳。所謂帝京翼翼，四方之則。始知登泰山者卑培塿，涉江海者小湘沅。北人安可不重？

經過東晉、十六國、南北朝期間的遷徙、爭鬥和融合，到隋朝重新統一時，定居於隋朝範圍內的各族，基本都已自認和被認為華夏（漢）一族，儘管其中一部分人的「胡人」淵源或特徵還很明顯，他們自己也不隱諱。在唐朝，突厥、沙陀、高麗、昭武九姓、回鶻、吐蕃、靺鞨、契丹等族人口不斷遷入，其中的部族首領和傑出人物還被委以重任，授予高位，或者賜以李姓。血統的界限早已破除，相貌的差異也不再成為障礙。唐太宗確定《北史》、《南史》並修，就已肯定北朝、南朝都屬中國。皇甫湜在〈東晉元魏正閏論〉中更從理論上明確：「所以為中國者，以禮義也。所謂夷狄者，無禮義也。豈繫於地哉？」陳黯在〈華心〉中說得更明白：「以地言

之，則有華夷也。以教言，亦有華夷乎？夫華夷者，辨在乎心，辨心在乎察其趣向。有生於中州而行戾乎禮義，是形華而心夷也；生於夷域而行合乎禮義，是形夷而心華也。」

從蒙古改國號大元到元順帝逃離大都凡 98 年，蒙古人進入華夏文化區的時間也不過一百多年，還來不及完全接受中國禮義，也不是都具有「華心」。但已經發生變化，並越來越向禮義和「華心」接近，卻是不爭的事實。如元初的皇帝還自覺地同時保持蒙古大汗的身份，但以後就逐漸以皇帝為主了。元朝皇帝孛兒只斤・妥歡帖睦爾（明朝諡為順帝）逃往上都（今內蒙古正藍旗東閃電河北岸）後，已經失去了對全國範圍、特別是漢族地區的統治權，照理最多只能稱蒙古大汗了，但他還是要當元朝皇帝，繼續使用至正年號，死後被諡為惠宗。此後又傳了兩代，才不得不放棄大元國號、年號這套「禮義」，重新當蒙古部族首領。

如果將中國作為一個制度概念，那麼從蒙古入主中原開始就基本接受和繼承以往各朝的制度。到了元朝，在原金、宋統治區和漢人地區實行的制度並無實質性的變化，但更趨於專制集權，權力更集中於蒙古人、色目人，從宋朝的文治、吏治倒退，並影響到此後的明朝、清朝。另一方面，從治理一個疆域遼闊、合農牧為一體的大國需要出發，元朝的制度也有創新，如行省制度，以後為明、清、民國所沿用，直到今天。

從中國這一名稱出現至今三千一百餘年間，它所代表的疆域逐漸擴大和穩定，也有過分裂、縮小和局部的喪失；它所容納的民族與文化（就總體而言，略同於文明）越來越多樣和豐富，總的趨勢是共存和融合，也有過衝突和變異；它所形成的制度日漸系統完

善，也受到過破壞，出現過倒退；但無論如何，中國是始終延續的，從未中斷。從秦朝至清朝，無論是膺天命還是應人心，統一還是分裂，入主中原還是開拓境外，起義還是叛亂，禪讓還是篡奪，一部《二十四史》已經全覆蓋。總之，無論厓山前後，都是中國。

如何評價施琅的歷史貢獻

　　施琅本是鄭成功之父鄭芝龍的部下，曾隨鄭芝龍降清，為清朝進軍廣東。後為鄭成功招納，投入「反清復明」，成為鄭成功的得力部將。但因故觸怒鄭氏，其父、弟被鄭成功所殺，又叛鄭投清。如果沒有以後的發生的事，施琅或許連名列《明史・貳臣傳》的資格都沒有，他的行為實在沒有值得肯定的。要說他隨鄭芝龍剿滅海盜，其實所謂「海盜」大多是武裝走私集團，鄭芝龍本人就是大海盜，施琅是這個海盜集團中的一員。要說他們是抗擊荷蘭人、西班牙人的入侵，還不如說是與外國海盜爭奪自己的利益。如果因為他投降清朝事出有因而原諒他，那麼洪承疇、吳三桂等人誰沒有原因？吳三桂不也是因為親人被殺、愛妾被佔而降清的嗎？

　　至於施琅與鄭氏祖孫四代（鄭芝龍、鄭成功、鄭經、鄭克塽）間的糾葛，外人和後人是很難作出正確判斷的，因為目前能看到的史料大多是最終的勝利者施琅及清朝官方留下的。當然，清朝收復台灣以後，施琅對鄭氏家族沒有採取報復手段，還親自到鄭成功廟致祭，顯示了一位政治家的風度，這是值得充分肯定的。但施琅此

本文原刊於《經濟觀察報》2006 年 7 月 14 日。

時的表現既有出於政治利益的考慮，也不無清廷約束的結果，因此而全面肯定他此前的作為既無必要，也不合理。

既然如此，為什麼還要充分肯定施琅的歷史貢獻呢？那是因為施琅在降清後的確發揮了無可替代的作用，給中國和中華民族避免了完全可能造成的巨大損失。

首先，在鄭成功收復台灣、並以此為基礎堅持「反清復明」後，清朝已經基本統一了中國大陸，疆域範圍遠遠超過明朝，其統治也逐漸穩定。無論從哪一方面看，鄭氏政權從台灣出發推翻清朝，在中國大陸恢復明朝政權是絕無可能的。即使鄭氏政權能長期維持，發展下去無非是幾種結果：一是最終被清朝攻滅；二是成為一個獨立於清朝的國家；三是為日本所吞併；四是成為荷蘭、西班牙、葡萄牙等西方國家的殖民地。施琅促成了第一種結果，並且以雙方最小的代價實現了。但第二種結果是完全可能的，因為台灣的情況比較特殊，儘管與大陸的聯繫開始得很早，但並非經常，也缺乏正常的經濟、文化和人員交流。即使是鄭芝龍、鄭成功父子經營時期，控制範圍也沒有到達全島，特別是當地少數民族聚居地區，而此前的大陸政權都沒有在台灣正式設置過行政區，有效地行使過行政管轄。加上鄭氏部屬大多來自福建，與中原文化有較大地域差異，如長期與大陸隔絕，離心力自然會越來越大。第三種結果同樣如此，鄭芝龍的活動範圍包括日本，鄭成功就是他在日本與當地婦女通婚所生，鄭氏部屬與日本的聯繫很密切。從此後琉球的結局看，即使到時台灣想尋求清朝的保護也是得不到的。從東南亞各國的遭遇看，一個孤懸在大陸之外的政權肯定避免不了淪為殖民地的命運。

其次，鄭氏政權與清朝對峙已經給中國造成巨大損失，如果這種局面延續下去，損失將更難以彌補。康熙元年（1662 年），清朝為了斷絕大陸與鄭氏政權間的聯繫，防止大陸百姓資助和遷往台灣，實行遷界（遷海），規定從遼東至廣東，沿海的居民一律內遷 30 里，有的省內遷 50 里，甚至有加到 80 里的。大批百姓只能拋棄田地住宅，背井離鄉，遷往內地，在中國東部沿海形成長達萬里的一條無人地帶，近海島嶼也完全放棄，任其荒蕪。不僅被遷對象深受其害，沿海地區的經濟、文化也大受影響，特別是農業、漁業、鹽業、貿易、交通遭受嚴重打擊。而在大陸如此徹底的堅壁清野後，除了剛開始時突擊遷移了數十萬人去台灣外，鄭氏政權再也得不到來自大陸的人力和物力。儘管到康熙八年，朝廷已批准實施復界，但直到台灣收復後的康熙二十三年，遷海令才完全撤銷。可見，無論用什麼方式結束對峙，都有利於大陸和台灣人民。

第三點是大家都熟知的，即在台灣被清朝收復後，不少人認為只要將鄭氏家族和部屬遷回大陸，就沒有必要再擁有台灣。放棄台灣的意見一度佔了上風，是施琅的懇切陳詞才使康熙帝作出決斷，台灣不能棄守，於是才有康熙二十三年隸屬於福建省的台灣府的設置。不要以為棄守台灣只是說說而已，在中國歷史上不乏先例。如海南島，在南越國割據時就成為其疆域的一部分，至漢武帝平定南越，海南島歸入漢朝版圖，即在島上設立兩個郡，一二十個縣。但到西漢後期，因地方官暴虐，當地民眾激烈反抗，朝廷只能下令放棄。直到左宗棠出兵收復新疆時，反對者的一個理由也是新疆棄之不可惜。而施琅的建議之所以能為康熙所接受，關鍵在於他或許是唯一真正了解清朝與台灣雙方實際情況，洞悉西方殖民者在東南

亞和台灣一帶的活動與周邊各國形勢，並且出於公心，敢於力排眾議。當時施琅已功成名就，無論台灣是棄是守，都不會影響他的前程和地位。若僅為自身計，就完全不必冒得罪康熙帝和其他大臣的風險，而這正是他難能可貴之處。

　　要全面評價施琅，必須將他的一生作為一個整體來考察，不必、也不可能諱言他前期的行為。但使台灣成為中國領土的一部分這一偉大功績，就足以使他名垂青史。

抵抗外敵入侵是
中華民族的光榮傳統

　　當我得知我有這樣一個機會要在這裏發表一點我個人的意見，在面對這樣一個主題時，我就想到了：是什麼支持着我們這個民族、這個國家走過了幾千年那麼艱難的歷程，成為今天世界上這樣一個偉大的民族、偉大的國家？為什麼一次一次的朝代更迭、一次一次的家破人亡、一次一次出現的倒退和破壞，沒有能夠阻止我們這個民族的進步、我們這個國家的發展？其中一個很重要的原因，是我們具有一種抵抗外敵、堅決捍衛自己的家園和自己生存發展的權利這樣一種光榮的傳統。我們中華民族有和自己的敵人血戰到底的氣概、有自立於世界民族之林的能力。今天，我們紀念抗日戰爭暨反法西斯戰爭勝利 70 周年，就更加深刻地體會到，這樣一種民族精神，通過我們傳統文化的傳承和弘揚，的確起了決定性的作用。

　　但是另一方面，我們也不能否認，在國內、在知識界始終存在着那麼一股小小的逆流，他們就是通過一些似是而非的謬論，通

本文是 2015 年 10 月 15 日在上海「傳統文化與民族精神」論壇的主旨演講（記錄稿），刊於《世紀》2016 年第 1 期。

過一些經過包裝的、打上新名詞的漢奸言論，在起着破壞的作用。先師譚其驤先生曾經告訴我，在九一八事變以後，北平城裏面就流傳着這麼一種謬論，說「日本人進來怕什麼，整個中國讓日本人佔了，咱們就把日本中國化了」；還有的人鼓吹「將來要世界大同了，國家取消了，不一樣嘛」。這種謬論到今天還有市場，有的人批評我們是民族主義，要用所謂的天下主義來代替民族主義。我們愛國、愛自己的民族，我們堅持自己的價值觀念，他們就批判，認為這是逆時代的潮流，要我們洞開大門，放棄我們自己的傳統。比如當我們說中國歷史上面曾經出現過這樣的現象：任何軍事上的征服者最後都成為文化上的被征服者，的確這是客觀事實，但卻被這些人所利用，「既然如此，那麼就讓他們征服吧」。還有人說，「中國就是殖民太少了，全殖民了就好了」。

我覺得這些論點，它既不符合歷史事實，也不符合人類共同遵循的行為準則和倫理底線，更不利於我們這個國家未來的發展。首先，我們要用歷史唯物主義的觀點來看待歷史。戰爭的確給人類，包括給我們中華民族，造成過巨大的損失，但是任何戰爭在當時的條件下是有正義和非正義之分的。現在一些民族成了中華民族大家庭的一員，但在當時是利益對立的民族。少數民族的確有生存的權利，有反抗當時漢族、外族等統治民族對它的欺凌和壓迫的權利。但是，凡事都有一個度，當他們入侵到華夏的領地，當他們已不僅僅是為自己爭取生存的權利，而是要破壞、損害人家的生存權利的時候，戰爭的性質就變了。所以不能因為今天女真人的後代和漢人成了一個民族，就指責當初岳飛抗金，也不能因為滿族今天成了中華民族的一員，就肯定吳三桂，否定史可法，這個界限是不能混淆的。

第二，也不符合歷史事實。的確，抵抗戰爭曾經給我們這個民族造成慘重的損失，從表面上看，也許屈膝投降能夠換來一時的安定。但是，這個損失一方面是不可避免的，另一方面，也正因為有人堅持抵抗，奮戰到最後，給了入侵的民族、給了異族以深刻的教訓，才迫使他們在以後進入中國中原地區、在他們以後的執政中尊重中國的傳統文化，使他們接受了中國的傳統文化，中國的傳統文化才得以延續。如果一味地屈膝投降，使他們不付任何代價就能夠達到入侵的目的，那麼根本就談不上以後怎麼樣接受傳統文化，使他們成為文化上的被征服者。

比如說蒙古人入侵金朝的時候，當他們進入中原，曾經有人向統治者建議：「漢人無補於國，請悉空其人以為牧地」，建議把漢人都趕光，將農田全部變成牧地。但是正因為以漢人為主的北方民族繼續抵抗，也同時因為南宋的存在，使蒙古統治者看到了農業文明的優勢，看到了中國傳統文化的力量，看到了接受這樣的文化、接受這樣的體制對他們自身統治的好處，所以才減少了初期的屠殺，才開始接納漢人中間的優秀分子。所以等到元朝要平定南宋的時候，它發出的詔書已經提出要保護農業、商業，實際上已經接受了這個體制。這是堅持抵抗促使他們向一種先進的文化、先進的體制轉化，這個代價是值得的。

又比如說滿族進關伊始，他們的確採取了很殘暴的政策，包括發生在我們上海嘉定、附近的揚州這樣一種殘酷的殺戮。正是明朝遺臣遺民的堅決抵抗，特別是對自己傳統文化誓死的捍衛，使滿族統治者認識到這種文化、這種體制的力量，所以以後為了穩定它的統治，滿族統治者幾乎全部接受了中國的傳統文化，以至於到清朝

修自己歷史的時候，提出將那些漢奸、賣國求榮投降清朝的這一批人，儘管他們對於清朝滿族的統治有很大的貢獻，但是規定他們要進入《貳臣傳》，乾隆皇帝認為這些人「大節有虧」。而堅持抵抗的明朝臣子進入《忠臣傳》，各地修方志，把那些堅決抵抗的進入《忠臣傳》，跟隨他們的百姓進入《義民傳》，隨同他們犧牲的婦女都命名為節婦。所以，儘管滿族取代了漢族成為統治民族，儘管朝代更替了，但是中國的傳統文化繼續弘揚、繼續得到發展。

所以我們說，軍事上的征服者最終成為文化上的被征服者，是需要有人去作出犧牲的，是需要有人去堅持和弘揚這些傳統文化的。在歐洲，當蠻族入侵的時候，沒有出現像中國這樣的一種持續的抵抗，所以整個歐洲一度就進入黑暗時期。到了今天，我們更加願意看到，天下主義、世界大同是我們美好的理想；但是它需要全人類共同努力，既然稱上天下主義，既然稱上世界大同，就不可能單獨在一個國家實現。所以在這個目標實現之前，我們繼續要堅持弘揚這種可貴的民族精神，繼續要抵抗一切外敵對我們的入侵，無論是物質的，還是精神的。

不同文化應該相互理解和欣賞

　　不同的文化應該共存共榮，已經成為越來越普遍的共識。但實際並不那麼樂觀，總有一些人喜歡以自己的文化為中心，根據自己的價值觀念和評價標準來衡量其他文化，以自己的好惡決定對待其他文化的態度。還有些人的確能以平等的態度對待其他文化，但主要是出於道德觀念或外交禮儀，內心卻並無這樣的觀念，或者僅僅是出於政治目的和實際利益的需要。因此，不同文化平等相處的前提是自覺的、正確的觀念，即充分認識到不同文化存在與發展的合理性。

　　世界上一切文化都是人類的不同群體在生存繁衍的過程中逐漸形成和變化的，都是在不同的地理環境下形成的生產和生活方式，以及在此基礎上產生的習慣、規範、觀念和思想。因此，在不同的地理環境下形成不同的文化，人們因生活和生產方式不同而產生文化差異，是不可避免的，也是完全正常的。

　　在以往 10,000 年至 5,000 年間，在中國這塊土地上就形成了不同的早期文化，如滿天星斗，交相輝映。隨着為了生存、發展而

第十四屆中國上海國際藝術節的主旨論壇「文化多樣性與跨文化合作」於 2012 年 10 月 18 日舉行。本文是作者在該論壇上的演講稿。

進行的遷徙、爭鬥、交流、融合，最終形成了以黃河流域為主體、以農業文明為基礎的華夏文明，並最終覆蓋了東亞的漢字文化圈和中國的漢族聚居區。

華夏文明的基礎是農業文明，在此基礎上形成的各種文化之所以能夠長盛不衰，延續至近代工業社會，就是因為地理環境提供了充分的條件，也因為它們適應了生存在這一環境中人群的需要，並且能夠通過不斷的調整和發展適應社會的需要。由於這一農業區域遼闊的地域和優越的條件，使這種文明在東亞以至當時的世界處於先進的地位。直到近代，儘管北方和西北的牧業文明可以憑藉本身的軍事實力進入中原，成為軍事上的征服者，但最終無不成為文化上的被征服者，如果它沒有及時退出的話。

但與此同時，在蒙古高原、西域（今新疆和中亞）、青藏高原也形成了適應各自地理環境的牧業文明或農牧兼有的文明，儘管因自然條件的制約，其規模和影響遠不能與華夏農業文明相比。2,000 前的有識之士就認識到，不同文明適應不同地理環境的本質，相互間難分優劣，不可替代。

在這些不同文明的共處過程中，無論是人口的自由遷徙和物資的互惠交流，還是武力爭奪和血腥殺戮，客觀上都促成了文化上的相互學習。華夏文化中的音樂舞蹈得益於西域文化，「胡服騎射」學自北方牧業民族，由席地而坐到使用坐具也是受到牧業民族「胡床」的啟發，甚至連婦女的貞節觀念和婚姻制度也離不開牧業民族的影響。另一方面，源於農業地區的茶一旦傳入牧業地區，就成為牧業民族不可或缺的重要物資，飲茶成了牧業社會日常生活的一部分。

由於以往數千年間人類還不具備克服地理障礙的能力，不同文化之間長期缺乏或很少有交流的機會，在一個文化區域內往往形成某種文化的絕對優勢，加劇了文化之間的差異。對自身文化過度的自尊自信，也導致對其他文化的歧視漠視。反而是一些相對貧困、資源匱乏的群體，會更迫切地突破地理障礙，尋求新的物質文明和精神文明。

　　歷史上的衝突和仇殺、戰爭和毀滅，從根本上說，是利益爭奪的結果。但不同文化的群體間的衝突，也包含了相互之間的無知和誤解，有其文化根源。一種文明的興衰或許只是地理因素的影響，但一種文明迅速取代另一種文明，幾乎都是通過暴力和戰爭實現的。

　　時至今日，不同文明間的了解已經不存在物質方面的障礙，先進的信息產業和發達的市場經濟已成為物質文明傳播的最有效的途徑。世界上絕大多數人已經認識到人類存在着共同的價值觀，不同文化間具有一定的共同性，所不同的只是顯示或表達的方式。另一方面，任何個人和群體都有權保持自己的文化和信仰，已經成為公認的政治倫理和價值觀念。

　　因此，不同文化之間首先要相互了解，在此前提下應該相互理解、相互欣賞，盡可能發現對方的長處，了解它形成、發展和延續的原因，吸取其中對自己有益的因素。展示自身的文化也是出於這樣的目的，只有在對方需要學習時才予以傳播，提供便利。

　　中國文化有「己所不欲，勿施於人」的優良傳統。但不可否認，「夷夏之別」的觀念也根深蒂固，因而對自己的文化採取「傳而不播」的政策，即可以接納外來人員學習中國文化，卻不鼓勵、

甚至禁止向外傳播中國文化。其實質固然有不強人所欲的一面，但更多是出於對其他民族的輕視、歧視和蔑視，認為他們尚未開化，不配接受教化。即使是在本國內部，對少數民族聚居區，也要到了改土歸流、設置州縣後，才推廣儒家文化和科舉制度。

在今天，這種心態的殘餘依然存在，有些人還堅持認為中國文化優於其他文化、東方文化優於西方文化。在這種過度的自信和偏見的影響下，有些人急於要向世界推廣中國文化。儘管他們大多是出於善意，卻違背了文化自主自由的原則，引起外界的誤解，甚至被當作中國在經濟上崛起後的文化擴張。

這就說明，「己所欲」也不能強加於人。不同文化之間應該各取所需、自由吸收，在對方需要的前提下給予幫助，才能達到共存共榮的結果。特別是處於強勢地位的文化，更應該尊重處於相對弱勢地位的文化，幫助它們得到延續，為它們的發展留有餘地。

我們還應該認識到，文化的創造與傳承都離不開人的作用，而人的天賦往往能突破物質條件的限制，天才人物和某種精神文明所達到的高峰或許可以預見的未來都無法超越。每個民族都可能擁有天才人物，如果客觀條件適宜，他們的作用得到充分發揮，就有可能形成這樣的高峰。最傑出的文化成果、特別是藝術作品，都是天才與信仰結合的產物，往往獨一無二，是可遇不可求、可望不可及的。其中的倖存者是全人類的瑰寶，具有普遍性的價值。對它們的價值和意義，或許我們今天還不能理解，但通過相互交流，至少能使我們了解更多。

我來自上海，而上海是近代中國最早、規模最大的開放城市。自 1843 年開埠以來，城市人口主要由移民構成。來自國內各地和

世界各國的移民、特別是其中的高層次移民（包括來自俄羅斯的一批傑出的藝術家和學者）帶來了各自的文化，如海納百川，在共同的生存和發展中形成了集古今中外之長的上海文化和藝術。西方的音樂、舞蹈、戲劇、美術、電影，與中國傳統的、民間的藝術交相輝映，相得益彰，產生了新的形式和內容。這些不僅豐富了城市生活，開闊了市民的視野，提高了市民的文化藝術素質，擴大了城市的影響，使上海在中國和世界更具吸引力，也使上海人更善於理解和欣賞其他文化。

經過改革開放洗禮的中國人民正以更加開放、包容、熱切的心態接納世界上不同的文化和藝術，相信一定能夠得到世界各國人民的理解和響應。

是什麼導致傳統文化斷裂

　　在討論中國是否應該繼續使用簡體字時，有人提出了一個使人不得不重視的論點——簡體字的推廣導致了文化斷裂。要真是這樣，簡體字就成了中國文化的罪人。而推廣簡體字，豈不是加劇或加速了中國傳統文化的滅絕？

　　歷史事實並非如此。

　　任何一種文化都離不開它的載體，都是通過載體得到保存、延續和傳播的。最重要的載體當然是人，是創造或掌握這種文化的人。特別是在文字和書面記錄相當困難的條件下，人作為文化載體的作用無可替代，甚至是唯一的。俗文化的載體是一個群體，除非遭遇特大的天災人禍，一般不至於滅絕。雅文化的載體往往是少數人，甚至只有個別人，如果這些人失去了或被剝奪了傳播能力，這種文化有機會斷裂甚至從此來絕。但只要人還在，哪怕只有個別人倖存，這種文化還可能得到延續。中國歷史上有不少雅文化都因為傳承者的喪失而成為廣陵絕響，但另一些雅文化不絕如線的現象也屢有發生。

本文收錄於《你是哪個縣的》（北京：中信出版社，2013）。

如秦始皇焚書坑儒以後，規定以吏為師，禁止百姓收藏圖書。學者逃亡山林，有的連儒家經典也沒有能保存下來，只能靠口頭傳播。漢惠帝時取消了禁止百姓收藏圖書的法令，儒家學者才開始在民間傳播學說，但由於原書沒有完整地保留，長期依靠口頭流傳。濟南人伏生原來是秦朝的博士，秦始皇禁書時，他將《尚書》藏在牆壁間。等伏生在戰亂後回家，發現遺失了幾十篇，只剩下 29 篇。好在伏生還能背誦記憶，傳授給學生。漢文帝時，伏生已年過 90，行動不便，朝廷只能派晁錯到伏生家學習繼承。伏生講一口齊地方言，又口齒不清，只能讓女兒傳達，但晁錯說的是潁川方言，還有二三成的意思不明白，只能根據自己的理解記錄。要是沒有伏生，或者沒有晁錯的記錄和傳播，《尚書》的傳承就會出現斷裂。

　　在古代中國，另一個重要的文化載體是文獻記載，主要是書籍。如果唯一的一種文獻、書籍遺失了，毀滅了，又沒有像伏生那樣的人留作載體，它所記錄的文化也會隨之斷裂以至滅絕。而這樣的事在以往二千多年間何止萬千！

　　在秦始皇的焚書和禁書後，又經歷了秦漢之際的大亂，先秦形成的典籍大多損毀，經過西漢時一次次的徵集和重編，到末年才形成由劉向、劉歆父子編成的《七略》，共 7 類、33,090 卷。王莽覆滅時，宮中圖書被焚燒。東漢光武帝、明帝、章帝都很重視學術文化，好在民間有不少收藏，經過多次徵集，皇宮中石室和蘭台的藏書又相當充足。於是將新書集中在東觀和仁壽閣，分類整理，目錄編成《漢書・藝文志》。可是到董卓強迫漢獻帝西遷長安時，軍人在宮中大肆搶掠，將用縑帛寫成的長卷當作帳子和包袱，但運往長

安的書籍還有七十餘車之多。以後長安也淪於戰亂，這些書籍被一掃而光。

經曹魏收集散在民間的圖書，加上西晉初在汲郡（治今河南汲縣西南）古墓中發掘出來的一批古書，又恢復到 29,945 卷。但不久八王之亂和永嘉之亂爆發，首都洛陽飽受戰禍，成為一片廢墟，皇家圖書蕩然無存。

東晉初只剩下 3,014 卷，此後北方的遺書逐漸流到江南，到宋元嘉八年（431 年）已著錄了 64,582 卷。齊朝末年，戰火延燒到藏書的秘閣，圖書又受到很大損失。梁初整理圖書，不計佛經共有 23,106 卷。由於梁武帝重視文化，加上江南維持了 40 多年安定局面，民間藏書大量增加。侯景之亂被平息後，湘東王蕭繹（即以後的梁元帝）下令將文德殿的藏書和在首都建康（今南京）收集到的公私藏書共 7 萬餘卷運回江陵。加上他的舊藏，達到空前的 14 萬卷。但到承聖三年（555 年），當江陵城被西魏軍包圍時，被他下令付之一炬。這一損失無法估量，因為直到唐初修《隋書·經籍志》時，著錄到的書籍才 89,666 卷。

唐朝以後，雖然由於印刷術的逐漸普及，多數書籍有了複本，民間的收藏增加，在天災人禍中得以倖存，但還是有大量孤本秘籍失傳了，或者被蓄意毀滅了，由它們承載的文化也隨之湮滅。

在這一漫長的過程中，記錄文字的材料發生了根本性的變化，由甲骨、金屬、石料、竹簡、木簡、縑帛，變成了以紙為主。文字本身也發生了很大變化，由甲骨文、金文、篆書、隸書，變為以楷書為主，輔以行書、草書，並且不斷產生一些被簡化了的「俗字」、「俗體」。但只要記錄得到保持，文化就不會斷裂。即使是

三千多年後重見天日的甲骨文，經過專家的研究，也大多得到解讀，使後人由此獲得商代的大量信息。

至於有一些文化已被歷史所淘汰，自然不會再有傳承它們的人。但只要相關的記載還在，後人還是可以了解的。例如漢族婦女纏足的現象已經消失，但通過五代以來所謂「金蓮文化」的記載，我們可以了解它的狀況和影響。又如科舉制度廢除後，會寫八股文的人越來越少，現在大概已沒有高手了。但由於有關科舉的史料和八股文都很豐富，研究科舉和了解八股文並不困難。

近代的確存在文化斷裂，那是由於某些文化載體受到損害或毀滅。僅在那場史無前例的「文化大革命」中，就有多少傳統文化的傳承者遭受迫害，從此喪失傳承的能力！又有多少典籍文獻被付之一矩！這才是文化斷裂的真正原因。

存在與影響
—— 歷史上的中外文化交流
對「一帶一路」戰略的啟示

　　我這幾年在研究歷史地理、中國史和相關的歷史時，有一個很深的體會，可以說到目前為止，我們中國人自己研究歷史還停留在自娛自樂的階段，基本上很少客觀地分析中國歷史、中國的傳統文化在世界上的地位；在很大程度上就是簡單的羅列，哪一階段、哪一年中國產生了什麼、發生了什麼事件，似乎這就證明這些都已經在世界上產生了影響。現在中國人已經走出去了，在座的各位都已經有了走出去的機會，現在我們的信息也暢通了，那麼請問大家，在今天我們所了解的外國文化中，有多少是受到中國古代的文化影響的呢？今天世界上存在的制度文明，有多少有中國的成分？很少。而且有時候我們把一種片面的認識當成全面，比如說，我們認為東南亞受中國的影響很大，而事實是不是這樣呢？實際上中國文化在東南亞中的影響主要是在華人裏面；像印度尼西亞、馬來西亞甚至包括新加坡，他們的宗教主要是伊斯蘭教，主要是穆斯林文

本文原刊於《思想戰線》2016 年第 5 期，第 42 卷。

化，而不是中國文化。新加坡的政治制度、主流文化究竟是受英國制度、西方文化影響大呢，還是受中國文化影響大呢？

所以，我們首先要考慮的一個問題，當然還是中國文化本身的優勢。但是存在就是影響嗎？並不是。

一種存在本身有時間和空間的範圍，這必然會制約他人。但是它的影響的大小或是否存在，就不僅僅取決於本身了，而要看到它與被影響者的關係。比如血緣、民族、語言、宗教、信仰、政治、利益等，比如在同一血緣或同一民族間會克服時間和空間的障礙，會產生較大的影響或保持較長久的時間。又如，同一種語言是最有利的傳播媒介，同一種文字更能突破時間和空間的界限。宗教可以跨越時間與空間的影響，一旦形成了信仰，就可能產生非理性的結果，不能用常理和邏輯來推斷。政治與利益就更不是用時間與空間可以衡量的了。此外，還要考慮到影響者於被影響者之間的時間與空間的距離，因為對同一因素而言，正常的影響力還是與時間、空間的距離成反比的。

我們也不能主觀地認為，在中國已經消失了的文化肯定對周邊國家產生過什麼樣的影響，相反，有些在國外保存的已經消失了的中國文化會反過來影響中國，就是孔子所說的「禮失求諸野」。例如，從諸夏、華夏開始一直傳承到近代的某些文化，對近在咫尺的「夷人」（非漢族、少數民族）都沒有什麼影響。但明朝滅亡後，朝鮮人卻以寧死也不拋棄祖宗衣冠的態度抵制清朝薙髮易服的命令，結果是在中國已經絕跡的「漢家衣冠」卻保留在朝鮮半島。再者，還要考慮到文化影響者本身的傳播態度和能力，是認真的、積極的，還是隨意的、消極的、甚至是防範的。例如宋朝禁止向契丹、

西夏出口書籍，更不會主動傳播文化，結果契丹、西夏都制訂自己的文字，連佛經也得從漢文翻譯為西夏文，同時代宋朝的文化在契丹和西夏產生不了什麼影響。第三，還與傳播的手段與途徑有關。在現代傳播手段發明和運用之前，文化的傳播只能通過人、文字和具體的物品。如果沒有人和具體的傳播物，即使處於同一時代，不同的文化之間也不可能有交流和影響。今天我們有了互聯網，有了密集的人際交流，但是我們不能用現代化的手段來想像古代，不能說漢代的文化肯定影響了羅馬，反過來也是如此。

正因為如此，我們就必須要了解中國古代文化的基本特徵。

首先，由於地理環境的障礙，中國文化遠離其他發達的文明。如果我們把今天所遺留下來的古代文明做個比較，絕大多數都可以找到它們之間的相互關係，但是只有美洲的瑪雅文化與中國的文化很難找到與其他文明之間的聯繫交融，就是由於地理環境的障礙，在當時幾乎是不可逾越的。歷史上有好幾次外來的文明到了中國的邊緣，但是最終幾乎都沒有傳播進來，能夠過來的往往很少。目前能找到的漢代與羅馬的交流，就是「眩人」，即今天所說的雜技演員來過，連具體人數也沒有。即便像史書所載，將他們當作羅馬派來的使者，對文化交流能起到多大的作用？留下多大影響？同樣的道理，中國的文化也是很難突破地理環境的障礙。正因為這樣，中國的文化基本上是獨立發展起來的，一直到近代以來才受到外來文化的衝擊與影響，在這以前更多的是在物質上吸收外來的文化，精神上基本上是獨立發展的。所以在晚清時期，有很多文人志士才會感嘆，中國遇到了「三千年未有之大變局」，這個大變局不是僅僅指堅船利炮、聲光電化，而是意識形態、文化、制度之類主體上的衝擊。

另一方面，中國由於周邊隔絕及自身優越的地理環境，所以在孔子時代就產生了強烈的「華夷之辨」，認為華夏優於蠻夷，蠻夷還沒有開化，等同於禽獸。夷要變夏，就必須要接受華夏的文化禮儀，反過來如有華夏放棄了自己的文化傳統，則可以由夏變夷。所以「華夷之辨」始終是根深蒂固的，在政治上，主張「非我族類，其心必異」，對夷人保持着防範的心理。如果認為夷人還有可取的話，那是因為他變成了夏的結果，而不是夷人本身。同時，古人還認為「天朝無所不有」，無須依賴外人，所以對外來文明的態度，統治者往往是出於不得已才容忍，或者完全出於個人的精神追求和物質享樂的目的，如長生不老、求仙、縱慾、聲色口腹。所以直到清朝乾隆晚期，中國只接受朝貢貿易，而正常的貿易只能停留在民間或者走私，甚至須要通過外力干預才能夠改變。

　　所以，中國文化的傳統歷來是開而不放，傳而不播。我們現在往往讚揚漢唐如何的開放，但事實上是開而不放，打開一扇小門允許西域南海諸國、日本、朝鮮、越南、琉球等人進來，但目的是讓他們來朝見或學習中國禮儀文化，而不是與他們交流，更不會向他們學習。中國人從來不會主動去外界學習他國、他族的文化，截止到目前這樣的例子還未發現過。唯一的例外，是出於宗教的目的，比如法顯、宋雲、玄奘等到印度去取經。因為中國人不認為、不相信在中國之外還有能與中國相稱的文明，更不會有值得中國學習的文明。另一方面，中國人也不認為有向外傳播自己的文化的必要，因為境外都是蠻夷戎狄，不僅非我族類，而且尚未開化，也不願接受教化，不配學習中國文化。朝鮮、越南、琉球等藩屬國則因曾為漢唐故土，或長期向化，已被視同中國文化區域。日本則一直列為

外國，官方或正常情況下不會主動去傳播中國文化。鑒真和尚是應日本之邀去弘揚佛法，其他成果都是副產品。朱舜水留在日本是因為明朝覆滅，他作為遺民回不了國。近代以前，中國從來沒有去外國辦過一所孔子學院，現在能夠找到的古人在國外傳播文化的例子，除宗教原因外，往往都是出於不得已或者是偶然的原因。

即使是在國內，儒家文化也僅僅停留在精英、統治者和制度層面，根本沒有深入到民間。所謂儒家學說深入到民間，這是學界所製造的假象，是儒家學者自娛自樂。中國農村絕多數人都是文盲，連《三字經》、《百家姓》這些普及型的讀物都不會，談何儒家文化？儒家文化和皇權也局限於華夏（文化）地區，在行政上，少數民族地區聚居地區大多屬「羈縻」性質或由土司統治；在文化上，一般都聽其自然，並因屬「蠻夷」而不施教化。像雲南、貴州、廣西、四川、湖北、湖南這些地區往往經過「改土歸流」以後，才開始辦學校、興科舉，儒家文化才傳播到了少數民族地區，但一般也只限於上層及遷入當地的漢民。在這之前，只有個別積極「向化」的土司才會主動學習儒家文化；往往要經過爭取，官方才會破例去傳播。

在境外，中國文化的傳播限於朝鮮、越南、琉球等通用漢字的地域和華人聚居區。不少人以為中國文化在東南亞的影響很大，其實從來不是如此。由於早期的中國移民基本都是底層貧民，從在當地定居並形成社區開始，一直處在本地文化的包圍之中。加上歷代統治者根本沒有保護僑民的意識，反而視海外華人為不忠不孝的叛逆、盜匪，甚至在他們遭受殖民統治迫害殺戮時也無動於衷，更不可能在文化上給他們予支持。中國的統治者連幫助自己的僑民學習

中國文化的意識也沒有，豈會去向他們的所在國傳播中國文化？因此，華人華僑要進入主流，必須接受當地的文化，甚至皈依當地宗教。上世紀 50 年代後，由於中國不再承認雙重國籍，華人絕大多數選擇加入當地國籍。在大多數國家，華人不得不改用當地姓氏，華人教育被限制或取締，只有少數華人還能堅持寫漢字、講中文。

所以我們要清楚的是，在世界各平行發展的文明之間，文化未必是相互影響的，不能僅僅根據空間、時間相近的因素來推斷。比如，中國的造紙術早在公元 2 世紀就成熟了，但是直到公元 8 世紀才傳到外界，才被阿拉伯人所掌握。公元 751 年唐朝大將高仙芝率領的幾萬軍隊在怛羅斯（今哈薩克斯坦江布爾）被黑衣大食（阿拉伯阿拔斯王朝）軍隊打敗，大批唐軍被俘，其中就有一批造紙工匠。他們被帶到巴格達，阿拉伯人通過他們學會了造紙，並傳播到各地。從此，中國的造紙技術完全取代了古埃及流傳下來的紙莎草造紙。要不是這個偶然因素，中國造紙技術的外傳或許還要晚很多年。若中國積極主動傳播自己的文化、技術，今天在世界的影響肯定會大得多。類似的例子還有很多。

今天我們講「一帶一路」對文化的影響，要明確以下四個方面：

第一，「一帶一路」不是張騫通西域。西漢張騫出使西域主要是出於政治、軍事的目的，其最大的貢獻就是中國擁有了新疆和中亞。難道在今天我們提出「一帶一路」，還想擁有什麼地方麼？第二，「一帶一路」不是絲綢之路的延續與再造。絲綢之路主要的動力不是在中國而是在外國，是中亞、西亞、波斯、羅馬需要中國的絲綢，而不是中國須要把絲綢推銷出去。中國歷來沒有通過外貿來

營利的觀念，絲綢之路真正的利益既得者是中間的商人。第三，「一帶一路」不是鄭和下西洋。鄭和下西洋也是出於政治的目的，至少主要是為了宣揚國威，或者是為了加強永樂皇帝的政治合法性。而我們今天的時代不需要這樣做，不應該這樣，也不可能這樣做。第四，「一帶一路」不是新馬歇爾計劃。二戰結束後，歐洲人接受美國提出的馬歇爾計劃是沒有選擇的餘地，只能接受，是毫無爭議的。而今天要不要接受「一帶一路」，很大程度上是取決於對方。「一帶一路」光有中國的積極性和努力是不夠的，還要思考如何使對方願意合作，並保持下去。

所以我們新的文化戰略，應該吸取歷史的教訓。中國文化交流的歷史、文明的歷史進程，帶給我們更多的是教訓，而不是經驗。歸納起來，我認為首先應該全面的開放，其次對中國的文化應該積極地對外作客觀的介紹和傳播，讓外國人能夠更加全面地了解中國文化。與此同時，對外國先進的文化，中國應當主動地吸收。在今天的世界上，再想用和平的方法直接傳播意識形態和信仰，是不可能的。世界上多數人已經有了自己的宗教信仰和價值觀念，並且絕大多數人不是處於「水深火熱」或飢寒交迫，除非通過武力強制的手段或者高價收買，才可能改變其中的小部分人。歷史上意識形態和宗教的傳播，除了出於對方的需要以外，其他無不通過暴力、戰爭、經濟手段，而這樣的時代已經一去不復返了。我們自己不承認對方的價值觀是普世價值，難道還指望別人承認我們的價值嗎？

我們今天講「一帶一路」的文化建設，主要的還是要依靠文化商品與文化服務，我們的創意應該體現在這些方面。如果能使這些文化產品和文化服務有更多的中國元素，中國的價值觀就體現其中

了。如果對方購買了我們的文化產品，接受了我們的文化服務，實際上就程度不等地受到了中國文化和中國價值觀的影響。但這是和風細雨，也是別人心甘情願接受的。就像今天的美國人、日本人、韓國人，如果他們一本正經地來中國傳播他們的文化、意識形態、價值觀念，我們肯定會抵制，甚至連門都不讓他們進，但是大片、美劇、電玩、繪本、「韓流」滾滾而來，觀眾、粉絲、好奇者會爭先恐後花錢，一遍遍看，一遍遍玩。

還應該明白，一帶一路的優先或重點考慮，是經濟和戰略。一方面，文化只有轉化為產品和服務才能形成軟實力，才能服務於一帶一路。另一方面，一帶一路的優先和重點地區大多有與中國不同的文化和宗教信仰，如巴基斯坦。如果我們一味強調文化的意識形態、價值觀念、中國特色，連交流的作用也未必能達到，甚至會引發文明衝突，破壞大局。

人口國策的堅持與調整

1994 年 7 月，我在當年第 3 期《世紀》發表了〈中國人口：21 世紀的憂思和希望〉一文，曾斗膽預言和建議：

> 所以我們有理由相信，在經濟發展的前提下，適當調整人口政策，能使中國的人口得到更合理的控制。在人口適度增長的同時，中國人民的生活水平也能夠有較快的提高。到 21 世紀中期，中國人口將達到頂峰，然後逐漸有所下降，最終維持在一個比較理想的數量。21 世紀將使我們對人口的憂思成為過去，而將希望變為現實。

> 在具體操作上，可以適當調整生育政策，逐步改為「鼓勵一胎，容許二胎，杜絕三胎」，在推行中更多地採用經濟手段，如稅收、福利方面的優惠和限制；對一胎率高的地區更應該及時轉變，以避免一孩家庭的後遺症；在本來就要鼓勵人口遷入的邊遠地區或墾區還可更靈活些，以保持人口的穩定發展和合理分佈；同時要採取切實措施提高人口的素質，制止目前人口素質「劣化」的趨勢。儘管這樣做會使中國人口渡過頂峰的時間有所

本文原刊於《世紀》1994 年第 3 期。

推遲，人口總量也會比原定目標多一些，但對中國人民有長遠的利益，是值得的。

16 年過去了，國家計劃生育政策的實施也整整 30 年了。一方面，改革開放使我國的經濟取得巨大成就，人民的生活水平有了顯著的提高，因此我的一部分憂思已經成了杞人憂天。當初認為中國必須實行計劃生育、減少人口的一個重要理由，是中國的土地和資源供養不了如此龐大的人口，所以中國的經濟發展總是趕不上增長的速度。我曾不止一次指出，中國的人均土地和資源的佔有量並非世界最低，中國的比較人口密度也不是世界最高；在人均土地和資源比中國低、而比較人口密度比中國高的國家中，也包括主要的發達國家。另一方面，在人口增長速度比中國高的國家中，同樣有經濟增長速度更高、或比中國增速更高的。現在回顧 30 年前，大概沒有人會否認，造成中國經濟瀕於崩潰邊緣的，是那場史無前例的文化大革命，而不是人口數量太多，或增長太快。使中國的經濟發展總是趕不上人口增長速度的主要原因，是大躍進等一次次的折騰，而不是中國人自己養不活自己。所以，中國該不該將實行計劃生育作為基本國策、該不該堅持不變，以及如何實行計劃生育，應該從中國人民的根本利益和長遠利益出發，而不僅是一樣不得不採取的應急措施。

另一方面，我的希望還沒有成為現實，我國的人口政策並未作適當調整。

相當一部分國人的生育觀念和生育方式已經發生重大變化，至少在上海等發達城市，與 30 年前已不可同日而語。一方面是老齡化速度驚人，另一方面是年輕一代晚婚、晚育、不育，即使完全放

開二胎，也未必能扭轉人口負增長的頹勢。為什麼不能根據各地的特點，實行地方性的人口政策呢？

一孩家庭究竟有沒有後遺症？政府至今沒有提供有說服力的調查報告和相關數據。一些爭議往往集中在 80 後、90 後這些獨生子女本身，即使對他們往往也只關注城市青年和大學生，只列舉典型事例，卻很少從家庭、社會各方面作調查和分析。汶川大地震後，罹難的一孩家庭的脆弱性暴露無遺，由此導致的悲劇卻沒有引起應有的重視。當然，今後也會有大量家庭選擇一孩模式，但基於自願的選擇必然已充分考慮到各方面的條件，與全社會強制推行所造成的後果迥然不同。「容許二胎」，應該是政策的底線，一孩家庭有一代已經足夠了。

中國的人口分佈極不均衡，從有利於地區開發和多民族共同發展出發，在同一地區應該實行同樣的人口政策，不應人為製造民族間的差異和矛盾。一些邊遠地區本來人口稀少，對少數民族和漢族應該一視同仁。

至於我當初建議的「杜絕三胎」，是就一般情況而言，在今後相當長一段時間內仍應如此。但對人口稀少的邊遠地區、人口負增長趨勢難以改變的地區、高度老齡化地區，也可以容許一些特殊情況。

傳統文化的現代轉換 [1]

恩格斯在馬克思墓前的演說中指出:「馬克思發現了人類歷史的發展規律,即歷來被繁茂蕪雜的意識形態所掩蓋着的一個事實:人們首先必須吃、喝、住、穿,然後才能從事政治、科學、藝術、宗教等等。」任何一種文化,都是一個群體在自己的生產、生活、生存的過程中形成和發展的,都離不開某種特定的生產、生活和生存方式。一旦這些方式發生變化,特別是整個社會整體性的變化,必然導致相應的物質生活和精神生活的變化,經濟基礎的變革必然導致上層建築的變革。

中國的傳統文化產生、發育、完善於以小農經濟為主的農業社會,由於這一社會長達二三千年,傳統文化也得到長期延續。但當中國進入工業社會後,傳統文化在很大程度上已經不再適應。即使是其中某些依然能起積極作用的精神因素,其物質層面和具體內容也不得不進行轉換。在後工業社會、信息社會迅速成為現實時,如不進行這種轉換,傳統文化與當代文化之間的斷層將無法填補,必定造成傳統文化的迅速消失。

---

1. 本文曾以「傳統文化的現代轉換 —— 以孝道為例」為題,刊於《河北廣播電視大學學報》2016 年第 1 期。

其次，中國的傳統文化本來就存在脫離社會大眾、脫離實際的先天不足。以其主體儒家文化為例，一向主要作用於精英和統治階層，而不是草根和大眾；注重觀念和理論，而不是社會實踐；局限於華夏（漢族），而不包括「蠻夷」。實際上，很多儒家的理論和觀念即使在當初也沒有完成或實施與現實的結合。特別是在儒家學說取得獨尊地位後，儒家學者習慣於將符合主流意識的社會現象和民間一切美德都歸功於儒家的教化，越來越強調精神層面，更加忽略了這些觀念的社會功能。

所以，今天我們不僅須要正確理解傳統文化的精神實質，肯定它在歷史上曾經起過的積極作用，還要考慮如何使它適應現實的需要，使之形成社會實踐。一旦轉換成功，就能在中國產生巨大的效益，解決其他文化無法解決的難題。

即以孝道為例，其本質究竟是什麼呢？孟子在評價舜結婚的事情時說：「不孝有三，無後為大。舜不告而娶，為無後也，君子以為猶告也。」（《孟子‧離婁上》）這段話的意思很明白，所以君子認為他做得對，保證「有後」比事先告知父母更重要。舜結婚前雖然沒有告知父母，是因為怕不結婚會無後，這樣做等於告知了父母。可見孝道就是要保證家庭有後，而無後就是最大的不孝，這是當時君子們的共識。這是因為在先秦時代，由於生產力不發達、人口普遍營養不良、醫療保健水平很低、婦女婚齡晚、人口有偶率低、產婦和嬰兒死亡率高、產婦哺乳期長、人口平均預期壽命短等各方面的不利因素，要保證每個家庭都有後很不容易，要使一個家族人口繁衍更加困難。

《易傳》稱「有萬物，然後有男女。有男女，然後有夫婦。有夫婦，然後有父子。有父子，然後有君臣。有君臣，然後有上下」。也是將家庭及其生育繁衍作為君臣關係的前提和基礎。而《說文解字》將「孝」字解釋為：「善事父母者。從老省，從子，子承老也。」更多是從文字結構的角度出發，因而只是應用了孝道的普遍要求之一，屬表層現象，而非精神實質。另一方面也應該看到，到了《說文解字》問世的東漢時代，隨着物質條件的進步和人口總量的增加，無後的矛盾已不如春秋戰國時那麼尖銳，因而社會對孝道的要求更多注重於精神層面。

漢朝標榜「以孝治天下」，不僅皇帝的諡號都帶「孝」字，更表現在採取了一系列政策獎勵、保證百姓有後。如從漢高祖開始，經常減免家中生了孩子的戶主的徭役，作為對增加人口者的獎勵。對孕婦給予一定的獎勵。漢惠帝時曾下令，對 30 歲還不出嫁的婦女徵收 5 倍的人頭税作為懲罰。

另一方面，為了使婦女能早婚早育，法定婚齡定得很低。北周建德三年（574 年）、唐開元二十二年（734 年）和北宋天聖年間都曾將法定婚齡降至男 15 歲、女 13 歲，自南宋至清代的法定婚齡都是男 16 歲、女 14 歲。

在特殊情況下，統治者甚至會採取極端措施，而不顧某些倫理道德標準。如西晉武帝規定，女子年滿 17 歲父母還不嫁的，由官府配婚。北齊後主下令將「雜戶」中 20 歲以下、14 歲以上的未嫁女子統統集中起來配婚，家長敢隱匿就處死。唐太宗貞觀元年（627 年）曾頒佈詔書，規定 20 歲以上的男子、15 以上的女子，在

對配偶的服喪期滿後，地方官應負責督促、幫助或強制他們再婚，還作為官員政績考核的重要內容。

由於孝道必須保證「有後」的觀念深入人心，成為社會的共識，甚至可以打破種族與政治的界限。張騫首次出使西域時被匈奴扣留了十餘年，他始終忠於國家，但並不拒絕匈奴配給他的妻子，並且生了孩子。另一位漢使蘇武出使匈奴，被扣押19年，歷盡艱辛，堅貞不屈，多次以死抗爭，但也娶了匈奴妻子。歸漢後蘇武的兒子因罪被殺，喪失了繼承人。在得到漢宣帝特許後，用金帛贖回匈奴妻子生的兒子。這位蘇通國被封為郎，成為蘇武的合法繼承人和蘇氏家族的傳人。

在天翻地覆、國破家亡之際，總是將家族的延續放在重要地位，當作盡孝的實際行動。在研究中國人口史時我發現，往往每當戰亂一結束，就會迎來人口迅速增長，原因之一就是在戰亂之中、顛沛流離之際，育齡婦女的生育並未停止，甚至為了保證有後而加緊生育、多生育。即使個人因忠於國家而無法盡孝，也會通過家族的努力或特殊手段爭取忠孝兩全。例如南宋的忠臣文天祥，自己捨生取義，殺生成仁，為宋朝盡忠，但允許其弟文璧出仕元朝，為家族盡孝，保證文氏家族的綿延。

早在公元初，漢朝已經擁有6,000萬人口，以後多次遭遇天災人禍，人口數量曾急劇下降，但每次都得能到恢復，並且不斷增加，在12世紀初的北宋末突破1億，17世紀初的明代接近2億，在1853年超過4.3億。中國的人口數量始終在世界人口中佔有很高的百分比，漢族一直是世界上人口最多的民族，雖然有多方面的原因，但孝道無疑起着獨特而重要的作用。

今天現代化國家和發達地區都面臨着生育率降低、人口數量下降、老齡化加劇的難題。隨着國民收入的提高、社會保障的穩定、信息交流的便捷、職業競爭的激化、家庭觀念的淡薄，這種現象日益嚴重，找不到解決的辦法。一些國家企圖通過經濟和法律手段加以緩解，但事實證明，經濟手段作用有限，對衣食無憂的中產階層更無計可施。而法律只能保護已有的生命，卻無法強制人們生育。

今天中國也面臨着這樣的難題，在一些發達地區和城市，人口已多年處於負增長。晚婚晚育、不婚不育、丁克家庭已佔相當比例，[2] 並有擴大的趨勢。如果僅僅講物質因素和現實需要，這類現象是很難改變的。例如，如果説生育是「養兒防老」，隨着社會保障體系的建立、養老服務的社會化、人均壽命的延長、老人健康條件的改善、人際交流的便捷、文化生活的豐富，的確已經沒有必要。如果計算生育和撫養一個孩子的直接和間接的成本，在絕大多數情況下，總是無法得到政府和社會的補償。即使生育和撫養的成本全部由社會承擔，甚至再給予額外補貼，對只考慮個人的自由、身材的健美、生活的舒適、職場的競爭、成功的追求的人，也無濟於事。

如果將傳統的孝道轉化為現代的價值觀念，即保證家庭和社會的繁衍是每一個人的義務，更是青年不可推卸的責職。如果我們的後代從小就受到這樣的教育和熏陶，將孝道融入逐漸確立的基本價值觀念，以後就會將家庭和睦、生兒育女、尊老愛幼看作人生不可

---

2. 丁克家庭是 DINK（Double Income, No Kids）的音譯，指「雙收入，無子女」的家庭。

或缺的內容和應盡的職責，不會僅僅從個人的幸福考慮，或者從物質方面斤斤計較。那麼這種孝道就能在中國發揮獨特的巨大作用，有望解決現代化過程中至今無法解決的難題。而如果我們只是將孝道看成尊老愛幼，那麼這是人類共同的美德，未必一定要依靠傳統的孝道。

但這並不意味着對傳統的孝道應全面繼承，照單全收。對孝道的歷史性局限，須要在轉換過程中摒棄，並且在實踐中繼續消除其影響。

由於「無後」的「後」原來只指男性，而不包括女性，所以如果生了女嬰，無論連生了幾個，非但不能被當成「後」，而且會被視為不吉不祥，當成家族的不幸或遭受的懲罰。富貴人家往往因此而溺殺女嬰，以維持家族的顏面。貧困家族則為了保證未來的男嬰能得到供養，而溺殺並不需要的女嬰。無男性「後」，也是休妻和納妾的合法理由。由此造成中國人口長期存在的高性別比，實際上降低了人口的有偶率、生育率和淨繁殖率，成為中國人口增長率始終不高的原因之一。

在實施計劃生育政策階段，這一陳舊的觀念依然在起作用，特別是在農村和貧困地區，多數家族往往要生到有男孩為止，成為一孩政策的最大阻力。如果這一觀念不改變，連續生育兩個女孩的家庭也會堅持生第三胎，對女孩和女性的歧視也難以消除。

又如傳統孝道片面強調父為子綱，倡導愚孝，甚至製造出虛偽、愚昧的「二十四孝」，今天非但不應提倡，對其中違法、殘忍的做法還應堅決制止，依法懲處。

有些禮儀已經將父子長幼關係推到極端，虛偽、荒唐，甚至違背人性。如兒子給父母寫信都要自稱「不孝男」，難道真自認不孝？父母難道真當他不孝？如果這還算自我謙卑的話，兒子在父親去世發出的訃告上的標準寫法是「不孝男某某罪孽深重，不自殞滅，禍延顯考某某痛於某月某日某時去世」（我罪孽深重，自己不死，卻連累了父親死了）。這是什麼邏輯！實際上是誰也不會當真的假話廢話，卻一代代傳了那麼久，難道還要繼承下去嗎？

移民史研究的精細化和地域化

我要講的題目，是移民史研究的精細化和地域化。

為什麼要講細化呢？因為我自己是有體會的，當我們開始研究中國移民史的時候，研究到「湖廣填四川」，那時遇到的難題就是能夠利用的資料太少，正史上找不到幾條記載，能夠找到相關的論著也很少。所以我認為，儘管今天已經有了很多論著問世，但是對這麼一個在中國歷史上有非常大影響的移民、世界史上也少有的這麼一次大移民，還遠遠不夠。

我們現在一方面應該是把它細化，怎麼細化呢？比如首先在時間上，不是「湖廣填四川」這樣一個漫長的階段都適合每一次具體的移民的，究竟這次移民是從清朝初年算起呢？還是要從明朝算起呢？某一支具體的移民也是如此。實際上這一方向的移民早就存在，本身有一個時間的進程。又如它是什麼時候結束的，要不要延伸到今天。這是在時間上面。

那麼在空間上面呢？也是如此。以前一個傳統的說法：「江西填湖廣，湖廣填四川」，實際上就在四川定居或轉遷的人口來講，不僅僅是來自湖廣，還來自更多的地方，而且這個移民的遷移的過

本文是 2016 年 7 月 21 日在重慶榮昌「填川移民文化學術研討會」上的發言（記錄稿）。

程呢，並不是說他直接從始遷的地方，就定居到了某一個地方。不久前陳世松先生把他的大作先發給我看了，實際上就有一個問題，我們以前一般認為移民要有集散地，最後才有定居的地方，實際上真正仔細觀察研究，這一過程要細化，不是那麼簡單的。

我沒有深入的研究，很可能有一些移民是在榮昌定居多少年後，然後再從榮昌向其他地方遷移，那麼榮昌就不是簡單的集散地。它也許可以說是上一次移民的集散地，卻是下一次移民的出發地。那麼第二次或第三次移民在遷到其他地方的時候，他們所攜帶的文化、所起的作用，跟當初從湖廣或者從其他地方直接遷過來的移民已經有了區別，已經包含了在榮昌接受或形成的其他文化因素。

因為有一天被我們稱為非物質文化遺產的，它也許在遷移過程中間已經本土化，然後再傳播出去，所以不是簡單的一個集散地所就能涵蓋它的內容的。而且我們還發現，到了清朝中期，有些早期的移民又遷走了，有的中途就回去了。所以對空間範圍來講也是要細化的，而不是簡單地套用傳統模式，或者局限於「湖廣」、「四川」兩個概念，各地起到的作用實際上是不同的。我在廣東參加他們討論南雄珠璣巷移民時也遇到這樣的問題，廣東有些地方的移民也不是直接從傳說中的珠璣巷遷來的，大多數是來自其中的某一個地方，實際上這些地方可能是移民的集散地，也可能是定居後再遷出的地方。

第三，從具體的移民的事件來講，也需要細化，因為實際上移民的情況是相當複雜的。在四川還有這樣一種現象，甚至在彝族裏面也有，明明不應該是移民的，可他們也說是移民後裔。我在其他

移民地區研究也碰到這個問題，實際上反映了一種文化上的從眾心態。也反映了在移民與土著之間、漢族和少數民族之間，始終存在着文化上、經濟上、政治上，以及心態上的不平衡，所以才可能出現這樣的現象。所以有些移民的出發地也好，聚居地也好，更多的不是一個歷史事實，而是一種文化的趨向，或者說成一種文化的符號，這些也需要細化。總而言之，我覺得我們這個移民史要深入，那麼一定要細化。

第二個問題，除了細化外，還要地域化。為什麼要地域化呢？我在讀初中時對四川的移民有了第一個印象，因為語文課本上面有朱德寫的回憶他母親的文章，裏面講到他家祖上是湖廣填四川過來的。在我對移民歷史稍有了解後，我感覺到湖廣填四川不是寫一本書或幾卷書就能記載的，它是我們中華民族一首偉大的史詩，應該有無數的著作，有大量的記載，應該建很多博物館，很多紀念碑，才足以記載下來，傳之後世。當初重慶湖廣會館建博物館的時候也找過我，還有幾個地方他們都找過我，但是大家遇到的最大問題，是史料在哪裏？具體的記錄在哪裏？實際上，通過地域化的研究就能在很大程度上解決這個問題。因為早期的移民絕大多數是不識字的，是底層的貧民，所以他們具體的行為、他們所產生的影響，更多的不是保存在官方的史料或者是文字記載中，而是保留在民間社會，保留在當地。所以如果不是根據一個地方實際還存在的文化，實際還存在的遺物、遺址，以及口耳相傳的這些記錄，你就沒有辦法來客觀地全面反映出大規模、持續這麼多年的、對社會深刻影響的這次移民。而且各地還存在着非常大的地域差別，有些地方可能只是個移民的集散地，或者只是路過，但是有些地方呢，實際就是一個新的移民的出發地。還有些地方呢，完全是由移民形成的，沒

有移民就沒有這個地方。這些你一定要找書面記錄，找官方史料是找不到的，所以一定要通過地域化的研究，充分運用社會學的、人類學的、地理學的、考古學的、民俗學的各方面研究手段和辦法，才能夠揭示出這些事實來。而且地域化的研究對當地的影響最大，更容易受到當地民眾和政府的重視。今天大家都在說要記住鄉愁，鄉愁是什麼？鄉愁就是人對故鄉的感情。故鄉的感情來自哪裏？就是故鄉的傳統、故鄉的文化。如果根本不了解這些，那就是偽鄉愁，那就是假的。而通過在本地踏踏實實地做一些地域化的研究，就有可能取得這些方面的成果。現在要復原和保護非物質文化遺產，要弘揚本地民間的優良文化，都離不開深入的研究。在榮昌，在重慶，在四川，影響最大的就是這次移民。

這兩個方面，我認為是我們進一步開展移民史研究的關鍵。

最後還有兩分鐘，我想順便談一下上午參觀考察的一點體會。非物質文化遺產與移民有密切的關係，有的就是移民帶來的，但是它與移民出發地的非物質文化遺產地又有很大的差別，它經過這麼長的時間已經本土化了。

現在從政府到民間都出於好意，想保存這些文化遺產，我認為一定要區別清楚，保存與利用開發是兩回事。

我們現在都很重視一個地方的文化軟實力，但要明白，不是存在的文化或文化遺產就是文化軟實力。關於這一點，我專門與軟實力理論的創始者、美國哈佛大學的約瑟夫·奈爾（Joseph Nye）教授討論過。他說，你們中國的文化應該是很大的軟實力來源，可是你們沒有把它變成文化產品。我很贊成，說還應變成文化服務，他也贊成。你看看世界上統計的那些軟實力排名中，中國排在很後

面。什麼原因呢？今天世界的文化產品中，中國提供了多少？很少。我們不僅落後於英國、美國，連日本、韓國都不如。我們的非物質文化遺產裏面可以開發出很多文化產品，這些文化產品能銷出去，銷到外地、外國，才能形成軟實力，既能獲得利益，又能傳播文化。文化產品和文化服務需要創新，不能照搬非物質文化遺產，但保護時必須嚴格按照原汁原味，延續傳統，不容許有任何改變。政府和社會就要保證必要的條件，不能讓傳承人自謀出路，自負盈虧。所以兩者應該嚴格區別開來。那麼，我們本地的非物質文化遺產既可以得到保存，又可以在未來的建設發展中起到文化軟實力的作用。

我對海派文化的幾點看法

海派文化的研究已成一門顯學，對海派文化及其研究成果的應用也方興未艾，對海派文化的基本概念還有釐清的必要。

作為一種地域文化，即一個特定的空間範圍內的文化，海派文化的形成和發展限於一個特定的空間範圍。而一種地域文化之所以能夠成立，就在於它與此地域範圍之外存在着明顯的差異。

就歷史階段性而言，一種地域文化也限於一個特定的時間範圍，因為它不可能自古至今都存在，或者都不發生變化。一般來說，它只能產生在它與周邊其他地域文化的明顯差異形成之後。而一旦它與周邊地域文化的差異消失，它作為一種地域文化也就不復存在。

正因為如此，海派文化不等於上海文化。

就時間和空間範圍而言，上海文化只能產生在上海這個地域概念形成之後，並且隨着這一概念空間範圍的變化而變化。當上海剛形成一個聚落時，它是華亭縣的一部分。即使以後有了上海鎮，鎮轄範圍內形成了一定的文化特色，也只是華亭文化的一部分，至

2016 年 9 月 13 日，上海市政協文史資料委員會和虹口區政協共同主辦「多元、開放、包容、創新 —— 海派文化傳承與發展研討會」。本文為該研討會的主旨演講稿。

多稱之為華亭文化的一個亞區。到元朝設置上海縣，儘管其轄境擴大，已足以形成自己的文化特色，但也有一個產生和發展的過程。設縣之初，境內的文化肯定與所屬松江府的其他縣很少差異，即使到了開埠前的清朝中期，上海縣境內的文化特色依然與松江府屬或蘇（州）松（江）太（倉）道內其他縣相似，未必形成獨特的文化。現在有學者強調這一階段上海文化的市鎮、商業、港口、貿易、沙船、江海關等特色，其實除了江海關的設置得益於上海在其管轄範圍（從浙江乍浦至江蘇連雲港）地位適宜外，其餘各項都不是上海的專利，而是長江三角洲和江南長期發展的結果。另一方面，即使在上海縣境內，市鎮與鄉村之間的文化差異遠大於上海與周邊縣之間的文化差異。如果可以將當時上海縣境有代表性的文化稱之為上海文化，就應該包括市鎮文化和鄉村文化兩個方面。同樣，1927年上海建市後，市轄區的範圍都包括一部分鎮、鄉、村，而不僅有租界和都市。至 1958 年上海市擴大至原江蘇省松江地區，形成郊區 10 縣，6,000 平方公里的轄境中大部分是鄉村和海島。即使這些地方越來越多地受到由上海中心城區輻射而來的都市文化的影響，但直到今天，二者的差異依然很大，並且會長期存在。如果講上海文化，難道能不包括都市文化以外的文化類型嗎？

海派文化最大的特點是強烈而豐富的外來文化因素，而在1843 年開埠以前，西方文化和異域文化是不可能大規模進入的。利瑪竇與天主教的影響範圍有限，而且並沒有延續。而要是沒有租界形成後各地移民的大規模遷入，並持續百年，本地文化也不可能代表中國文化的先進水平，海納百川也無從談起。抗戰勝利後，日本僑民被遣返，一部分歐美僑民與猶太人遷離。1949 年上海解放

後，大部分外國僑民、猶太人、俄國人陸續遷離，與台灣交通斷絕，與香港的人員來往與文化交流受到嚴格控制。1958 年後，外地戶籍已不能自由遷入上海，海派文化中的外來因素已成批判肅清對象，至文化革命掃蕩盡淨。因此海派文化的存在時間，只能是在 1843 年至 1949 年間，此後只是海派文化的殘餘階段。

作為一種都市文化，海派文化的載體是城市，其地域是英租界、法租界、美租界和以後的公共租界，以及相鄰的華界中南市、閘北、西區的城市部分。這一區域是逐步擴大的，如越界築路實際擴大了租界的範圍；1927 年後實施的大上海計劃，建成了江灣地區的新城市。但也有縮小，如日本侵略軍的轟炸和破壞，使閘北大片街道和建築物成為廢墟，以後成為外來貧民聚居的棚戶區。

海派文化也影響到這一空間範圍之外，如蘇南、浙北（西）的一些城鎮對上海的時尚亦步亦趨，唯海派馬首是瞻。有些地方被稱為小上海，不僅在於工商經濟發達，也包括文化上的相似性。但這些地方還談不上是完全的海派文化區，也還夠不上是海派文化的文化島，畢竟當地文化還是主流。

在海派文化區內部，也存在着區域性特色和差異。以虹口地區為例，公共租界北部與相鄰華界融為一體，一度是左翼文人、革命作家、文學青年和相應活動場所匯聚之處。由於日本僑民聚居，日本文化、風俗和生活方式的影響也較大。而有些地區集中了歐美、俄國、猶太與中國的上層人物，西化程度高，本土文化影響有限。上海的產業分佈、職業結構、移民定居、外僑聚居、建築類型、通用語言或方言，都有很強的地域性，這就決定了海派文化區內各個亞區的文化特色。

海派文化產生在這樣一個特殊的時代和環境，免不了存在其消極的一面，甚至在當時就有其糟粕。海納百川，泥沙俱下，在一些行業、人群、區域形成積澱。「海派」一詞在當時就不完全是褒義，有些場合就是貶義。譬如學術界有京派、海派之爭，互不相能，但整個學術界更多肯定京派。稱某人「海派」，往往是華而不實、有名無實、只圖表面，甚至是招搖撞騙的代名詞。如對某些「海派教授」的描述，就是說國語離不開英文，做學問剪刀加漿糊，西裝畢挺，皮鞋錚亮，左手斯的克（手杖），右手大皮包，派頭十足，出入舞廳戲館，兼營股票黃金。

所以今天上海的文化建設，發展上海文化，形成上海精神，對海派文化是取其精華，棄其糟粕，絕不是全盤繼承。即使是還適用於今天的那部分，也應與時俱進，不斷更新與創新。即使還是用「海派文化」這個名稱，那也應該是新海派文化，或者是 21 世紀的海派文化。

釋「小官巨貪」、「清水衙門」

　　這幾年媒體不斷刊出新聞，並且一次次刷新紀錄，某處長家裏抄出上億現金，某村官一下子貪了幾個億，還有某大學招生辦主任的贓款有好幾千萬。於是人們感嘆「小官巨貪」、「清水衙門不清」，或者覺得不可思議，更有人據此得出結論「蚊子、蒼蠅比老虎更厲害」，「高校成了腐敗重災區」。

　　其實貪污之能否得逞、贓款之多少，與職務之高低、官階之大小、衙門之是否清水，並無直接關係，更不成比例，古今中外莫不如此。真正起作用的無非是權、錢兩項——實際權力有多大，實際能支配的錢是多少。只要存在着不受監督的權力，又有不受審計的財源，就存在着貪污的可能，而貪污額的大小正是與這樣的權力和財源成正比的。

　　在特殊條件下，實際掌握權力的大小並不與職務、職權、級別一致。中國歷史上一度操控國柄的是名義上的奴才太監，而理論上的最高統治者皇帝卻成了毫無實權的傀儡。現在有些處長、局長、董事長、部長的權實際掌握在妻子、情婦、秘書或者某一下屬

本文曾以「小官都是如何成為巨貪的？」為題，刊於《騰訊網・大家》2016 年 4 月 11 日。

或後台手中，那些人名義上不是官，更不是大官，卻是真正的權力所在。

同樣，同一職務、級別的官在不同部門、不同階段或不同制度下，能夠掌握、動用的財源也可以有懸殊之別。有的部級領導一年能支配的錢不過數十百萬，但什麼級別也沒有的村長掌握的土地收入就上億甚至幾十億。1996年我當了復旦大學中國歷史地理研究所所長，行政級別屬正處，學校撥給本所歸我支配的經費是每年八千元；到了實施「211計劃」，我管的經費超過一百萬。2007年起我當了圖書館館長，行政級別還是正處，但管的經費有二千多萬，最多的一年超過五千萬。

但在財務制度嚴密、審計手續嚴格的條件下，即使行政主管批了經費，財務也可以拒絕付款；即使錢已經花了，審計人員也會提出追究。而在支付手續規範的條件下，超過一定數量就不能用現金支付，整個流轉過程都有案可據，有賬可查。

前些年一度盛行「發紅包」，參加一次研討會、論證會、評審會、發佈會、座談會，或連名稱也沒有的什麼會，無論是參加者、發表意見者、宣讀論文者、主持會議者，還是記者、攝影者，或莫名其妙進入會場者，都能拿到一個數目不等的、密封或敞開的信封，一般其中都有若干張百元大鈔，稱之為論證費、諮詢費、講課費、稿費、交通費、辛苦費或什麼費，既不須要簽名，一般也不會有人當場打開清點。有次我與本校某教授參加同一會議，到家後接到他的電話，問我剛才會上收的信封裏有多少錢。我還來不及打開，立即數清後告訴他，他說他的信封中缺了100元。以後遇見他時想起此事，問他有何結果，他說經查詢，主辦方已補給他。由此

我想到這可是個大漏洞，如果經辦人每人都少放一二張，而有的單位會議頻繁，每次發放數額頗大，積少成多，不當官的人也能貪污一大筆。但這個漏洞並不難補，現在發錢都得登記身份證，通過銀行轉賬，要貪污就沒有那麼容易了。

衙門是否屬清水，首先要看有多少水，其次得看水是否清。以前人們心目中的清水衙門，大多是指那些無錢無勢的部門，並且又是正人君子、書呆子集中的地方，如某些不經管錢財、不負責審批或處理的政府部門，禮儀性的、安置性的辦事機構、學校、學術團體等。但今非昔比，有的單位的「水量」已不小，如大學的預算都已上億，甚至幾十上百億；如招生部門表面無「水」，卻能以權換「水」，水源充沛；有的社團辦了三產，進出的錢遠遠超過正常經費。至於是否清，並非決定於這些單位的大多數人，而是具體管「水」的人。由於這些單位長期無「水」缺「水」，往往不引人注目，無人監督。而且在這些單位，管「水」並非主業，多數人不懂或不重視如何管「水」，反讓貪污分子有機可趁。像大學中的基建、採購等部門或人員，長期處於邊緣，領導和師生對他們的業務大多並不了解，也缺乏監督的意向和能力，一旦「水」多了就容易出事。

另一類清水衙門不清只是假像，如政協領導或委員涉貪涉腐的報道時有所聞，連全國政協也有兩位副主席、多位委員被查，有人就認為政協也不是清水衙門。其實到目前為止，這些人被查處的原因都產生在調入政協之前，與政協無關。正是調入政協取消了他們的權力、斷了他們的財源，才掃清了查處他們的障礙。

所以「小官巨貪」、「清水衙門不清」雖往往出乎善良人的意料，卻不能因此而得出小官皆貪、小官更貪、蚊子比老虎更厲害或

清水衙門都不清的結論。是否屬「重災區」是比較而言的，要作數量和比例的分析，不能憑印象和個案。歸根到底，權力不論大小，都應該關進籠子；錢財無論多少，都必須在陽光下流動。

擇校與「學區房」

擇校的意思就是選擇學校，但在當今中國，主要是指在中小學階段為子女選擇學校。由於不想「輸在起跑線上」，如今的擇校已提前到選擇幼兒園。

只要學校之間存在差距，選擇較好的學校是人之常情；販夫走卒、達官顯貴，毫無例外。中國人擇校，外國人同樣擇校。所不同的是，不是所有的人想擇就擇得了。有些人要費九牛二虎之力，甚至為之傾家蕩產，最終也未必如願。有人卻不必親自過問，就能隨心所欲。當關係、權力的作用受限時，買「學區房」就成了不二法門。一旦教育行政部門要改變規則，已購的學區房不能通向中意的學校，自然會引起有關的和無關的家庭的恐慌和憤怒。

擇校並非中國特有，只是在中國更有特色而已。哪些國家、什麼時候不再須要擇校呢？無非要兩方面條件：一是公立學校之間差距很小，不值得刻意選擇；一是家長和學生相當理性，選擇真正適合自己的學校。這兩點恰恰是中國目前最缺乏的。

中國現在實現九年義務制教育，小學、中學都屬這一階段。義務制教育是免費的，花的都是納稅人的錢，理應公平，各校的條件設施、師資水準、教學質量等應該大致相同。但實際上，城鄉之間、地區之間、各校之間相距很大，名校、重點學校、實驗學校與普通學校間往往有懸殊之別。所以，我在多年前就建議國家制訂並

公佈義務制教育的最低標準，各地各校必須達到；又建議將義務制教育的均衡發展放在首位。在均衡化還沒有實現前，先採取一些措施縮小校際差距。如可以將名校、重點學校與周圍若干其他學校劃為一個學區，所有超出標準的設施在學區內共享，向其他學校開放；特級、一級教師在學區內流動，使每所學校都有他們開的課程；各校課餘的興趣班、輔導班、講座、競賽向全學區開放。與此同時，要將義務制教育的最低標準不斷提高，完全淘汰那些長期無法達標的學校。如果絕大多數中小學都能達到高水平的均衡，擇校的意願和動力就會大大減少。

與此同時，國家應該允許並鼓勵發展民辦教育，包括允許民間資本辦營利性的學校。在義務制教育階段當然應該以公辦為主，但只要國家規定的標準和質量能得到保證，即使學校是以營利為目的也未嘗不可。家長選擇這類學校完全是自願付費，也減輕了義務制學校的壓力，對其他學生無害有益。現在那些小留學生將成百億的錢送到外國，卻未必能得到良好教育，為什麼不能讓他們在當地就能獲得優質教育資源，把這些錢花在國內呢？

家庭方面也要學會理性擇校，而不是一味追求名校。如果學校之間的差距縮小了，總體質量相差不大，就能顯示出自己的特色。家長應該根據孩子的特點、興趣和家庭的實際情況，為他們選擇最合適的學校。當中國成為發達國家時，估計也只需要一半大學畢業的人力資源，沒有必要、也不可能使每個孩子都將考大學、考名牌大學作為目標，所以為孩子選擇學校時，還應考慮考試成績及智育以外的因素。一般來說，越是名校競爭越激烈，但並非每個孩子都適合激烈的競爭，也並非競爭越激烈機會越多。52 年前我在一所

重點中學實習，所教的初一一個班級中有二十多位同學在小學當過大隊幹部，進了中學有的連小隊長也當不上，也顯不出什麼優勢。第二年我到一所新建的普通中學工作，當初一的班主任。全班學生中沒有一個在小學當過大隊幹部，只找到一個當過中隊委員，只能找一位當過小隊長的當中隊長，以後他當了大隊委員，能力很強。如果當初他的父母讓他硬擠進重點中學，恐怕只能墊底，反而不利他的成長。

至於現在已經存在的「學區房」，雖然大多出於民眾自發，但政府也負有一定的責任。當這種現象出現並愈演愈烈時，教育主管部門並沒有及時發出警示，也沒有對可能調整入學辦法的方案和時間表進行公示，至少是默許了學區房的存在，並在實際上保證了學區房與進入特定學校掛鉤。另一方面，政府部門也沒有對房產商炒作「學區房」進行干預，或者明確宣佈房產商的「學區房」品種屬非法廣告，完全無效，提醒民眾不要上當。有些地方甚至是官商一體，在新開發區、拆遷、棚改項目中大打「學區房」牌，以「學區房」引誘民眾搬遷，或接受不平等條款。既然政府和教育部門負有一定責任，就不能說變就變，損害這部分民眾的利益。同時應該有明確的時間界限，避免學區房繼續延續。家長要學會自我保護，在沒有政府明確承諾或有法律效力的合同的保障下，不要再冒險購買學區房。

家庭購房、租房時，總得考慮孩子就近入學或有其他就學的便利條件，為此而多花些錢是值得的。如果這類房屋也可稱為「學區房」的話，那麼在任何國家都會存在，是完全正常的。

第二編

歴史・地理

天堂杭州

　　我 1945 年出生於浙江省吳興縣的南潯鎮（今屬湖州市南潯區），祖籍是紹興。1950 年初，父親帶着不滿五歲的我回紹興，往返都途經杭州，並住過二三天。這是我第一次見到的城市，至今印象中還有當年的拱宸橋、城站（火車站）、錢塘江大橋、六和塔、西湖、靈隱寺、岳墳等。上學後有了些地理知識，知道杭州是浙江省的省會城市，省長周建人是魯迅的弟弟，他們又都是我們紹興人。還有浙江大學，聽說中學老師中有讀過浙大的，小學生是沒有機會認識的。大人們提得最多的還是上海，去得最多的也是上海，連我的父母也先後去上海謀生，在稍能安居後就將我遷至上海上學。不過，「上有天堂，下有蘇杭」這句話卻是鎮上人普遍認同並不時提及的，所以也是我自幼形成的常識。

　　重訪杭州已是上世紀 80 年代，我成了大學教師，當了先師季龍（譚其驤）先生的助手。先師祖籍嘉興，但譚氏的祖墳在杭州靈隱寺後的山上，先師少年時每年都會隨族人去杭州掃墓兼遊玩。1946 年他隨浙江大學復員杭州，家住長壽路 1 號，到 1951 年秋轉復旦大學任教。從 1940 年 3 月他應聘到播遷貴州的浙江大學，與浙大的不少教授有十年同事，患難與共，感情深厚。幾次陪他去杭州開會、作報告或主持答辯，只要稍有餘暇，他都會訪友懷舊，談及往事，不勝今昔之感。二十多年來，我雖未在梅家塢品新茶、在

虎跑汲泉水，但每年少不了有友人饋贈的上品龍井，或在湖畔居樓上飲茶，連在東航航班的萬米高空也能享受我預訂的龍井茶水。我也曾在西湖畔小住，孤山間探梅，阮公墩夜遊，河坊街觀光，文瀾閣訪書，西泠社讀碑。近年有機會泛舟西溪，更覺別有一番滋味。還有頻繁的各種會議、論壇、講座、報告、課程，拜動車、高鐵、高速公路之賜，往往當天往返而有餘，怪不得已有人大膽預測，杭州會與上海連成一片。

儘管我一直在體驗「天堂」的生活，但明白「天堂」的來歷，還是在從事歷史地理研究之後，特別是讀了先師的相關論著。

杭州被稱為「天堂」至少有千餘年時間了。但在二千多年前的秦朝，杭州一帶不過是南方一個普通的縣，在中原人眼裏還相當落後。

秦始皇三十七年（公元前 210 年），他在出遊時過「丹陽（今安徽當塗），至錢唐，臨浙江」（見《史記·秦始皇本紀》）。這個錢唐就是今天杭州的前身，在今杭州城區西湖以西北靈隱一帶，而浙江就是今天的錢塘江。一個聚落從形成到成為縣城是需要相當長一段時間的，由此可推斷，錢唐這個聚落的出現還會更早。

但是從秦漢到南朝這八百多年間，錢唐一直默默無聞，甚至還不如周邊的其他縣。這是由於錢唐雖位於錢塘江邊，卻已經瀕臨海濱。那時錢唐以東的土地還沒有成陸，今天的杭州灣也尚未成形。連接錢塘江兩岸的渡口在錢唐的上游今富陽一帶，因此錢唐並不處於主要的交通線上。今天的杭州城區，很多地方也沒有成陸，錢唐是一個山中小縣，到自己轄境內的交通也不方便，怎麼可能得到發展？

錢唐之停滯落後，還與江南的人文地理格局有關。

春秋時吳越相爭，雙方的都城和中心分別在吳（今江蘇蘇州）和會稽（今浙江紹興）。到戰國時越國滅吳國，越又遷都於吳。楚國奄有江東後，吳離楚國的都城壽春相對較近，晚期又是執掌楚國大權的春申君黃歇的封地，繼續維持着地區中心的地位。因此秦朝設會稽郡，轄境雖包括錢塘江流域和山陰縣（原越都會稽），重心所在還是在北部，郡治也設在吳縣。西漢的會稽郡治所一直在吳縣，儘管武帝滅東越、閩越後，會稽郡名義上的轄境已擴大至今福建省。東漢期間會稽郡一分為二，北部的吳郡沿用吳縣為郡治，南部的會稽郡以山陰縣為治所。處於二者之間的錢唐還是沒有機會。除了人口分佈、開發過程和歷史淵源的因素外，主要還是錢唐在交通和區位上的劣勢。無論是首都長安、洛陽，還是原來的郡治吳縣和以後的揚州刺史部駐地歷陽（今安徽和縣）都在北方，與錢塘江南的陸路交通都不方便，反是由沿海到山陰的海路更加便捷。直到東漢末年，中原士人南遷避亂，相當一部分人還是由海路直駛交州（今越南北部），或者是由會稽入海南下的。

東晉、南朝以建康（今南京）為首都，錢唐離政治中心的距離大為縮短。「今之吳、會，昔之三輔」；錢唐所在的會稽郡已與漢代的「三輔」（京兆、左馮翊、右扶風三個中央直屬行政區）之與首都長安一樣成為建康的近畿之地。但會稽郡的治所還是在山陰，而離建康更近的烏程（今浙江湖州）已成為吳興郡的治所。由建康而南的移民沿太湖西的丘陵地帶擴展，在東晉和南朝期間新建了好幾個縣，並越過錢唐向南、向東兩個方向發展，僻處山中的錢唐並未受益。

開皇九年（公元 589 年）隋滅陳，改錢唐郡為杭州，從此有了杭州這個名稱。當年將郡治遷至餘杭，第二年又遷回。到開皇十一年，杭州和錢唐縣都遷治至柳浦以西，即今鳳凰山麓的平原，有了充足的發展餘地。隋滅陳後，將六朝都城建康城「平蕩耕墾」，徹底毀滅後變為農田，將原來在建康的揚州治所遷至廣陵（今江蘇揚州）。以後才在石頭城置蔣州，恢復了丹陽郡，但只轄三個縣。而在杭州建的餘杭郡卻轄有六縣，在江南地區的地位相對提高。

更大的機遇出現在 20 年後，隋煬帝開江南運河，由京口（今江蘇鎮江）至餘杭（即杭州改稱），長八百餘里。江南運河是隋煬帝開鑿的大運河的一部分，由京口過長江，通過邗溝連接淮河，由通濟渠可至洛陽，向西經廣通渠可達長安，向東北由永濟渠可達涿郡（今北京）。在一個以水運為主的時代，杭州成為大運河系統的起訖點，可以連通錢塘江、長江、淮河、黃河水系，到達首都及其他重要城市，杭州在全國的地位顯著提高。

據《乾道臨安志》記載，唐初的貞觀年間（627–649 年），杭州的戶口已有 11 萬人。到唐朝中期，杭州已被稱為「東南名郡」，白居易更將杭州列為江南第一，「江南列郡，餘杭為大」。杭州的繁榮得益於唐朝發達的海上和內河貿易，成為與廣州、揚州齊名的通商口岸。而促使杭州城市人口增加和城市擴大的一個重要因素，則是居民的飲水困難得到有效的解決。由於杭州城所處的平原處於江海之交，有些地方成陸未久，地下水鹹苦不能飲用，只有在山麓地帶鑿井方可獲得甘泉，因而水源不足。唐大曆年間（766–779年），刺史李泌在今湧金門、錢塘門之間分別開了六個水口，引西湖水入城，形成六個井。白居易任刺史時又加開浚，使城市有了充

足的飲用水源。本來杭州在夏秋之際易發生乾旱，影響農業生產，白居易在西湖築堤，利用湖水灌溉農田千餘頃。白居易還寫了不少題詠西湖風景的詩篇，如〈湖上春行〉、〈春題湖上〉、〈餘杭形勝〉諸詩。離任後，還不時追憶懷念，寫下了〈留題天竺靈隱〉、〈留別西湖〉、〈思杭州舊游〉、〈憶杭州梅花〉、〈答客問杭州〉等篇。隨着這些名作的流傳，西湖的美景名聞天下，逐漸吸引四方文人雅士和遊客。到北宋時，天下一流詩人蘇軾（東坡）兩次任職杭州，寫下更多佳句名篇。「杭州巨美，自白（居易）、蘇（軾）而益彰」；這兩位地方官兼詩人對杭州的貢獻實在不小！

唐末五代中國陷入戰亂分裂，杭州卻獲得了意外的機遇，更上層樓。公元 907 年，錢鏐稱吳越王，以杭州為都城。吳越國傳了 71 年，其版圖最大時不僅包括今浙江全省，還擁有今上海市和江蘇蘇州市境，南至今福建福州。此前錢塘江是浙西、浙東的分界線，江兩岸分屬不同政區，浙西的中心在今蘇州，浙東的中心則在今紹興，杭州的地位還不能與它們比肩。自錢氏將浙西、浙東合為一體，國都杭州自然成了共同的中心。持續的戰亂還使國內其他重要城市，如長安、洛陽、揚州等受到毀滅性破壞。南唐的都城金陵（今南京），由於後主李煜沒有向宋朝主動歸降，亡國後殘破不堪，到北宋時只留下「頹垣廢址，荒煙野草，過而覽者，莫不為之躊躇而淒愴」。而吳越由於主動效忠，納土歸降，杭州秋毫無損，笙歌依舊。

至唐朝後期，江淮財賦已成為朝廷的經濟命脈。包括杭州在內的江南地區的經濟實力雖已超過北方，但地方的賦稅收入全部上繳朝廷，幾乎沒有給當地留下發展的餘地。吳越國既得免於戰禍，

又擺脫了對中原朝廷的賦稅負擔，能夠大規模興修水利，疏浚河道，設置閘堰，建築江堤海塘，為農業穩產高產創造了條件。杭州作為都城，獲益最多。如杭州東南濱海地區以往常被潮水淹沒，而防海大塘是土築，年久失修。錢鏐時用巨石大木重築，自六和塔至艮山門，稱為捍海塘，使杭州城脫離海潮之患。又在杭州北郭建有清湖等堰，江幹有浙江、龍山二閘，城東有大小二堰，這些閘堰調節江湖運河間的水流，控制水量，兼顧水運水利。北宋端拱年間（988–989 年）在杭州設置管理海運的衙門市舶司。此前全國只有廣州設有市舶司，而明州（今寧波）、泉州（今福建泉州）和密州（今山東諸城）置司都還在其後，杭州顯然得益於水利建設形成的通海優勢。

北宋期間，杭州已上升至「東南第一州」的地位。隨着農業、手工業和商業的發達，天聖（1023–1031 年）、熙寧（1068–1077 年）間，杭州所收商稅、酒麴稅居全國第一，比首都開封還多。蘇軾說：「天下酒課之盛，未有如杭者。」顯然並非誇張。

北宋亡後，高宗趙構於建炎三年（1129 年）從揚州渡江，到達杭州後即升杭州為臨安府。至紹興八年（1138 年）以杭州為行在所（皇帝在首都以外的駐地），正式確定為臨時首都，直到德祐二年（1276 年）元軍滅宋入城。這 138 年間，杭州從「東南第一州」躍居南宋的「天下第一州」，成為當時的中國乃至世界最繁華的都市。杭州市區已擴大到城外，就在定都後三年的紹興十一年，都城以外人煙繁盛，南北已距 30 里，為此設置了右廂公事所。乾道三年（1167 年），因城東西戶口繁夥，警邏稀疏，分別設置東西廂都巡檢使各一員。到了宋元之際，「城南西東北各數十里，人煙生

聚，民物阜蕃，市井坊陌，鋪席駢盛，數日經行不盡，各可比外路一州郡」。城外的居民比城內的還多，所佔範圍比城內還大。大街上的買賣晝夜不絕，半夜三四更時遊人才逐漸稀少，到五更鐘鳴，賣早市的已經開店門。到近代還是西湖風景區和鄉村濕地的天竺、靈隱、西溪，遠至安溪、臨平，當時都是城區，民居、商鋪與寺觀錯雜，陸游詩中「西湖為賈區，山僧多市人」；「黃冠（指道士）更可憎，狀與屠沽鄰」就記錄了這種現象。北宋時杭州已號稱「十萬餘家」，《夢粱錄》稱南宋時「不下數十萬戶，百十萬口」，應接近事實。《馬可波羅遊記》的描述雖不無誇大，但當時的杭州是世界上人口最多的城市是毫無疑問的。

南宋杭州還產生了一種文化史上的特殊現象 —— 方言島，即在吳方言區的包圍之中，杭州城區卻流行以河南話為基礎的北方話，直到今天還有遺存。宋室南渡後，大批北方移民南遷，由於一百多年間沒有返回故鄉的機會，就此在南方定居。杭州作為臨時首都，不僅定居着皇室、官員、將士，也吸引了大批士人、商賈、僧道和流動人口。很多原在開封的店鋪、娛樂場所、寺觀也紛紛在杭州重開，其中不少人就遷自開封。儘管開封人與北方人在杭州居民中未必佔大多數，但由於這些上層移民及其後裔擁有權力和財富，掌握着主流文化，不僅他們自己繼續操北方方言，而且促使土著居民、特別是必須為北方移民服務的人及城內的居民學講北方方言。年深日久，杭州成了北方話的天下。南宋亡後，北方話在杭州風光不再，卻根深蒂固，流風餘韻至明朝猶存。直到今天，杭州方言中的兒化還很明顯，如小丫兒（小孩）、黃瓜兒等。

特別幸運的是，到元朝滅宋時，蒙古統治者已經認識到農業文明和漢族傳統文化的重要性，元世祖忽必烈在事先頒發的《平宋詔》中已要求保護農商，維持民生。加上南宋皇室在元軍逼近時主動投降，杭州沒有受到什麼破壞，在元朝依然保持着昔日的繁盛，因而被馬可波羅驚嘆為「天城」、「世界上最美麗華貴之城」。至元二十一年（1284 年），江浙行中書省的省會由揚州遷至杭州，轄境包括今浙江、福建二省與江蘇、安徽二省的江南部分和江西省的鄱陽湖東部分，依然是東南第一州和全國最大、最繁華的城市。由於元朝時海運暢通，杭州也是外國商人聚居的城市，當時人提到錢塘，往往與「諸蕃」、「島夷」連稱。在元順帝至正（1341-1368 年）初年到過杭州的阿拉伯人伊本・白圖泰的筆下，崇新門內薦橋附近多為猶太基督教徒及拜日教徒之突厥人，而薦橋以西為伊斯蘭教徒聚居區，使人仿佛置身於穆斯林國。

明太祖洪武十四年（1381 年），劃定浙江布政使司，轄境基本即今浙江省；杭州成為省會與杭州府治所在。杭州雖然又回到了區域中心、省會城市的地位，但人間天堂的盛名不減當初，絲綢之都，魚米之鄉，人文薈萃，名人輩出，其經濟、文化水準一直居全國前列。

不過與南宋時的巔峰相比，杭州在全國的地位還是有所下降，並且顯現了一些不利因素。

一是城市經濟逐漸衰退。由於城內外運河年久失浚，填為溝渠，物資流通受阻，導致城內物價上漲。延祐三年（1316 年）、至正六年（1346 年）雖曾兩次大加疏浚，但城內河高而錢塘江面低，諸河疏浚不深，仍與江潮隔絕，完全靠西湖水補充，水深不足

三尺，只有宋時的一半。城南一帶本是杭州最早的市區，因河不通江，水運不繼，城南商業日漸蕭條。明洪武年間一度浚深龍山、貼沙兩河，在河口建閘限潮，為船舶提供了出江通道，但不久又淤塞。

一是天災人禍不斷。杭州居民稠密，民居連綿，大多是木構板屋，磚瓦房也不多。不少人家設有佛堂，晝夜香燭，通宵點燈，懸掛紙幢經幡。一旦失火，延燒成片，難以撲滅。吳越顯德五年（958年）城南失火，延燒至內城，共燒毀19,000家。南宋期間，城區大火21次，每次損失都在萬家以上。其中嘉泰元年（1201年）三月二十八日的大火延燒軍民51,400家，綿互30里，經四晝夜才撲滅。但那時係首都所在，人力財力充足，會全力重建，能很快恢復。元至正元年（1341年）四月十九日，杭州大火，「毀官民房屋公廨寺觀一萬五千三千餘戶，燒官廨民廬幾盡」，以致「數百年浩繁之地，日就凋敝」。至正十九年十二月，朱元璋遣常遇春進攻杭州，「突至城下，城門閉三月餘，各路糧運不通」，「一城之人，餓死者十六七。軍既退，吳淞米航輻輳，藉以活，而又大半病疫死」。（均見陶宗儀《輟耕錄》）這次圍城使杭州人口損失過半，元氣大傷。

明清以降，杭州在江南的區位優勢不斷遇到新的挑戰。永樂後首都雖已北遷，但南京仍為陪都，清朝又是兩江總督駐地，政治地位都高於杭州。揚州處於運河與長江交匯處，地近淮鹽產區，是漕運和鹽運中樞，經濟地位舉足輕重，無可替代。蘇州是清代江蘇巡撫駐地，是太湖流域的政治、經濟重心，科第鼎盛，人文薈萃，與杭州不相上下。明代為防禦倭寇侵擾，封鎖沿海口岸，加上杭州內

河與錢塘江隔絕，從此徹底喪失通商口岸的地位。而寧波有優越的海港，又有運河可通，成為浙江主要通商口岸。上海開埠後，迅速發展成為中國最大通商口岸和遠東最大城市。上海強大的經濟輻射能力，和以上海為基礎的新興工商業，使杭州的傳統手工業和商業更趨衰敗。

1860 年、1861 年太平軍兩次攻佔杭州，至 1864 年初在清軍圍攻下撤出，杭州在連年戰亂中損失慘重。戰前杭州府約有 370 餘萬人，戰後的同治四年（1865 年）全府土著戶口僅存 72 萬，損失人口 300 萬，高達 80%。儘管這 300 萬人中也包括因種種原因逃離或遷出杭州府者，但其中大多數是在這場空前浩劫中被殺死、餓死、病死、逃亡途中橫死或自殺的。杭州的名勝古蹟和圖書文物也受到很大破壞，著名的文瀾閣被焚毀，收藏於閣中的《四庫全書》大多散佚缺損。戰後人口的恢復和增長主要依靠外來移民，使杭州城與府屬縣城的人口結構發生很大變化。土著中精英外流嚴重，土著比例甚低。而由於附近的嘉興、湖州兩府與江蘇的蘇州、常州兩府同樣人口銳減，不可能就近輸出，新遷入的移民大多來自浙東和浙南、蘇北、淮北和河南，大多是底層貧民。

1927 年國民政府定都南京，杭州再次接近政治中心。由南京至杭州的公路「京杭國道」建成後，更拉近了杭州與首都的距離。黨國要人多浙江籍，當時有「湖南人當兵，廣東人出錢，浙江人做官」之說。又稱「湖州的中統，江山的軍統，奉化的侍衛官」，因主管黨務的陳立夫、陳果夫兄弟是湖州人，主持軍統的戴笠是江山人，蔣介石本人是寧波奉化人，江浙人大受重用。浙江省長一度由黨國元老、革命功臣、蔣介石的盟兄南潯人張靜江擔任，張氏創辦

的西湖博覽會續辦至今。蔣介石下野蟄居之時，奉化一時成為實際權力中心。但晚清以來，上海已成中國政治中心，在國際交涉中更加重要，非杭州和浙江所能動搖，滬寧鐵路的功能遠非京杭國道所能替代。1937年抗戰軍興，杭州陷於日寇，上海的孤島卻持續到了太平洋戰爭爆發，成了陪都重慶以外的特殊政治中心。

1949年解放軍佔領南京後揮師南下，杭州再次演繹吳越國歸宋故事，毫髮無損。國民黨當局宣佈為保護西湖名勝古蹟，杭州為不設防城市，國軍主動撤退。不管蔣介石或國民黨當局出於什麼目的，這都是值得稱道的愛國愛鄉之舉，應載入杭州史冊，為後人銘記。

浙江人文薈萃，歷史上杭州更是名人輩出。但到了近代，隨着政治權力、財政金融、市場資本、工商產業、教育設施、新聞出版、科學技術、學術研究、文化藝術越來越集中於上海、北京、南京、天津、武漢、重慶、香港等城市和政治、經濟、文化中心，並更受歐美發達國際影響。杭州的上層人物、社會精英和有為青年紛紛外出求學求職，杭州籍的國內國際名人的事業和成功，幾乎都在外地或外國。

1949年後，中央集權、計劃經濟和意識形態不斷加強，更加劇了這種趨勢；「左」的政策、重理輕文、重政治輕經濟的措施也推波助瀾。解放後浙江大學歷史系暫停，組織教師學習馬列政治，先師譚先生仍安心學習，認真接受。但一年後正式宣佈撤銷，教師改教公共政治課，譚先生不得不自謀出路，接受復旦大學聘書。據說全國著名大學中撤銷歷史系的僅此一家。竺可楨校長等科學家大多調往北京，成為中國科學院的領導和中堅。1952年院系調整，

浙大元氣大喪，文科、醫科全部分出，理科名教授大多調出。1981年4月中國科學院重開學部委員大會，400名新老委員（後改稱院士）中出自舊浙大者46名，而新浙大無一人入選。復旦大學10名學部委員，8名出自舊浙大，包括先師在內。到上世紀70年代末，「人文薈萃」只是老一輩杭州人偶爾發思古之幽情，留在杭州的學者名流凋零殆盡，比之以南方其他省會城市，杭州的人文資源與環境已無優勢可言。

在各種場合，常有記者問我：「你到過國內外不少城市，你心目中最好的是哪一座？」「如果讓你選擇，你會住在哪裏？」特別是在杭州，我知道他們最希望我給出的答案是杭州。不過無論他們如何誘導，我始終沒有作過具體的回答，而是說：「這要看用什麼標準。」「人生的不同階段有不同目標，如讀書、工作、謀生、休閒、養老，不同的目的會有不同的選擇。」有人直截了當地問我：「你認為杭州是人間天堂嗎？」我也會坦率的回答：「在現代世界，已經找不到大家都認同的天堂，但杭州肯定是相當大一部分人的天堂。」

在物質匱乏的年代，物質生活是選擇的主要標準，人們追求的是吃飽穿暖，生活安定、高於平均水平的地方就是天堂。「蘇常熟」產生的糧食就能使「天下足」，「魚米之鄉，絲綢之府」就可稱天堂。我讀小學時知道「蘇聯的今天就是我們的明天」，而蘇聯的生活就是「樓上樓下，電燈電話」。土地改革後，東北農民嚮往的天堂是「三十畝地一頭牛，老婆娃娃熱炕頭」。「大躍進」時，廣大農民的天堂目標是「撐開肚皮吃飽飯，跑步進入共產主義」。「三年自然災害」期間，北京中央級的統戰對象和高級知識分子被安排

去內蒙古海拉爾休養，而不是去北戴河，是因為海拉爾有北戴河喝不到的牛奶和吃不到的牛羊肉，可以享受天堂的幸福。

在社會動盪、戰亂頻仍的年代，「不知秦漢，無論魏晉」的世外桃源是天堂，人們首先選擇的地方是能暫避戰禍，保全性命，如果還有能享受生活，或者過得比原來還好的地方，那更是非天堂莫屬。當年北宋的皇族、官員、名流、富商好不容易逃出開封，終於在杭州定居，在「山外青山樓外樓」的美景中過上了比在開封還奢侈舒適的笙歌詩酒生活，怎能不把杭州當汴州、當天堂呢？當杭州的難民逃入上海租界，不僅不再擔心太平軍與清兵的殺戮劫掠，富人因投資而獲利，窮人因勞作而得以溫飽，青年因求學而成功，上海無疑成了他們的天堂。

但當人們已無衣食之憂，更無戰亂之慮時，必定更關注精神生活和未來世界，就很難找到共同的天堂了。從政者會選擇首都或政治中心，或者有利於仕途的崗位。從商者貴在商機，逐利而來，隨利而去。求學者追求學府名校，從教者鍾情於優質生源，科學家看重研究設施與條件。崇尚自然的人尋找天然環境，享受生活的人不僅需要藍天白雲、青山綠水，還要有生態食品和豐富文化。顯然沒有哪一個地方能集中所有的有利條件，所以沒有哪一個地方能成為今天和未來所有人的天堂。

改革開放為中國城市的多元發展開闢了廣闊的前景，也為中國人提供了更多的選擇，現代交通縮短了距離，無所不在的信息首先實踐了天下一家的理念。馬雲選擇了杭州，世界互聯網大會選擇了杭州附近的烏鎮。並非政治中心的杭州，在 G20 峰會召開時無

疑將成為全球的焦點。更多的人能便捷輕鬆地欣賞西湖風景，享受杭州生活，而不必離開自己的天堂。杭州人也可以向全國、全球發展，而繼續生活在故鄉天堂之中。

有些條件已經變了，或者在可以預見的未來會變，甚至會大變，無疑會使杭州具有更大的吸引力。今天我們講的杭州，早已不限於歷史上的杭州城或今天的杭州城區，而是包括九區、二市(縣級)、二縣的杭州市行政區域。即使只指城市，也已跨錢塘江兩岸，已經或將要連接蕭山、餘杭、富陽、臨安。欣賞自然風光已不限於西湖一隅，享受親水、山居已不必局促於城邊或近郊。隨着高速公路、城市軌交、高鐵、高速航道、跨海大橋的建成和網絡化，一小時生活圈、當日旅遊圈的範圍也不限於杭州本身，定居於此的人固然可以隨時去觀黃山雲海，享上海時髦，品舟山海鮮，流動來此人也能如此。而當智力、信息、創意、服務成為生存和發展的主要手段時，職場與家居、商務與社交、工作與休閒、學習與娛樂之間的界線會模糊以至消失。得風氣之先的城市或地區無疑會使這些變化來得更快。

但有些條件是不會變的。物理空間和距離不會變，人為的縮短總要付出越來越大的代價。無論速度提得多快，最短的距離總是第一選擇，但這與舒適的工作與生活環境往往不可得兼。儘管人的壽命一般都在延長，但屬於一個人的絕對時間也不會變，只能是按不同的生活方式作出的不同分配。氣候、地貌等條件的變化更非人類所能控制，與人的一生相比，它們的改變微乎其微。人們只能調整自己的期望值去適應，或者聽其自然。

正因為如此，在杭州能否過上天堂的生活，杭州生活的幸福度能否提高，既取決於杭州的發展，也在於你自己對生活方式與程度的選擇。

　　至於杭州過去的天堂，已經載入歷史，成為中國和世界歷史的一部分，成為全人類的文化遺產和自然遺產，是永恆的，也是不可替代的。

成都，成「都」？

在中國的七大古都（西安、洛陽、北京、開封、南京、杭州、安陽）和省會以上城市中，成都雖不能算歷史最長，也名列前茅。但有兩個特點是其他任何城市都不具備的：二千三百多年來從未改名，城市的位置基本沒有變化。

如西安建城的歷史可以追溯到西周，但那時的名稱是豐、鎬（鎬京），秦國和秦朝的都城名咸陽，西漢新建的是長安，五代後長安成了一個縣名，明朝設西安府，西安作為城市的名稱沿用至今。在此過程中，這些都城的城址有過很大變動，大多是新建。

又如北京，起源於薊，春秋戰國時是燕國都城，漢朝置薊縣，以後先後稱廣陽（廣陽國都、郡治）、幽州（州治）、范陽（節度使），遼朝建為南京，金朝建為燕京，元為大都，明為京師，亦稱北京，清朝沿用。民國稱北京，1927 年至 1949 年改稱北平。

周慎靚王五年（公元前 316 年），秦國派張儀、司馬錯出兵攻蜀，蜀王被貶為侯。周赧王元年（前 314 年），秦國封公子通於蜀，以張若為蜀國守（行政長官），並從秦國移民萬戶於蜀。五年（前 310 年），張儀與張若建成都城，長 12 里，高 7 丈。成都城以

本文原刊於《環球人文地理》2014 年第 6 期。

國都咸陽為樣本，由兩個相連的城組成，少城是成都縣治所在，內城有鹽鐵市場，以民居為主。

2,323 年前，一座與國都相仿的新城拔地而起，並且被命名為成都。但由於它一直遠離中國的政治中心地帶，所以從來沒有成為真正的「都」，卻多次充當了割據政權的都。

王莽覆滅後，他所封的「導江卒正」（相當蜀郡太守）公孫述割據益州，自稱蜀王。公元 25 年（東漢建武元年），公孫述在成都稱帝。但到建武十一年就被漢軍攻破，公孫述受傷身亡。成都當了公孫述 11 年的「國都」，付出了慘重的代價，「宮殿」被焚毀，城內一片殘破。

221 年，劉備在成都即帝位，建國號漢，史稱蜀漢。263 年，魏軍兵臨城下，後主劉禪投降，蜀漢亡。這次成都當了 42 年的「國都」，但蜀漢疆域不足「三分天下有其一」，國力更差。

304 年（晉永安元年），巴氏首領李雄在成都稱王。306 年稱帝，國號大成。至 338 年，李壽改國號為漢，史稱成漢。至東晉永和二年（346 年）桓溫伐成漢，李勢降，成漢亡。這次成都的「國都」史也是 42 年，但控制範圍比上一次更小。

唐末，王建據有東川、西川，受封為蜀王。907 年，後梁代唐，王建在成都稱蜀帝，史稱前蜀。925 年（後唐同光三年）滅於後唐。但西川即為孟知祥所佔，934 年孟知祥稱帝，建都成都，史稱後蜀。至宋乾德三年（965 年）滅於宋。成都作為割據之都前後有近 60 年，但控制範圍只有四川、重慶大部，湖北西北部、陝西南部和甘肅東南部。

但是至少在法律上和理論上，成都當過 15 天全國性的首都。那是在唐朝天寶十四載的六月，在安祿山叛軍突破潼關後，唐玄宗匆匆逃出長安，於七月二十八日（756 年 8 月 28 日）到達成都。儘管在此前的七月十二日玄宗的太子（唐肅宗）已在靈武繼位，改元至德，並已以皇帝的身份發號施令，但消息還沒有傳到成都，玄宗自然仍以皇帝自居，如在八月初二日下令大赦天下。在國內，由於大多數地方的官民也未得到肅宗繼位改元的消息，還將玄宗所在地為「行在所」（臨時首都），繼續使用天寶十四載的年號。如北海太守所遣錄事參軍第五琦到成都奏事，向玄宗建議，派他往江淮徵收財賦。玄宗大悅，封第五琦為監察禦史、江淮租庸使。但到八月十二日（9 月 10 日），肅宗的使者到達成都，玄宗接受當太上皇的事實，但他還規定「四海軍國事，皆先取皇帝進止，仍奏朕知；俟克復上京，朕不復預事」。十八日，玄宗才正式派韋見素等奉傳國寶玉冊往靈武傳位。成都失去「行在所」的地位，靈武成為全國一致的「行在所」。但在名義上，到次年十二月玄宗回到長安前，成都還分享臨時首都的功能，因為全國的軍國大事還要到成都報告或備案的。儘管情況特別，但成都的確當過 15 天的臨時首都，在一年多的時間裏在名義上是兩個臨時首都之一，總算應驗了當初成「都」的命名。

　　當然，這與成都本身的自然和人文條件無關，實際上成都在不少方面優於其他古都，只是它的地理位置遠離中國的政治中心帶。在唐朝以前，統一朝代的政治中心一般都在長安—洛陽。五代起東移至開封，元以後北移至北京，離成都更遠。就是在南北對峙的分裂時期，南方的政治中心一般在南京，偶然在今湖北鄂城（武

昌）和湖北江陵，因為無論是從自身的安全和北伐收復失地出發，都只能將首都設在長江下游，否則在當時的交通運輸條件下就無法顧及南方大多數地方了。抗戰期間，中國政府西遷，選定的陪都是重慶。這固然與重慶易防守的地形地勢有關，但更多的還是考慮當時的主要戰場在東部，淪陷的國土也在東部，戰時首都不能離得太遠。而且長江水道是主要的運輸途徑，重慶這方面的優勢無可取代。即使不得已時繼續西遷，蔣介石預定的目標也是西康，而不是成都。因為成都天然屏障是四川盆地四周的高原和山脈，敵方一旦進入盆地，成都是無險可守的。

這些條件都注定了成都只能當割據者的首都，或者西南的區域性都會。其實這倒是符合命名者的初衷，因為那時連秦國也不過是七個諸侯國中的強者，所謂「都」，不過是一個諸侯國之都。而成都之「都」，應該是首都咸陽之外西南地區的都——蜀都。

大概那幾個割據政權的統治者也深諳此道，所以都比較本分，除了諸葛亮一直以攻為守，六出祁山，一次次主動挑起與曹魏的戰事，其他統治者一般都安於割據。並且除了第一位割據者公孫述一味迷信符讖，始終以為自己是皇帝命，頑抗到底外，其他如蜀漢、成漢、前蜀、後蜀的末代君主都很識時務，全部俯首投降。無論如何，這都減少了對成都的破壞。

不過，到了統治者或叛亂者、入侵者完全不顧民生、喪失理智時，縱有天府之國的資源和充足的人口也經不起殘酷的殺戮和徹底的破壞。在宋末元初、明末清初的大戰亂中，成都幾度瀕於毀滅，居民死亡逃亡殆盡，甚至老虎白晝出沒於城市廢墟。所幸在巴山蜀

水的滋潤下，源源不斷的移民篳路藍縷，重啟山林，成都得以恢復，並更加興盛。

由於從元朝以後中國的政治中心一直在北方，統治者對以成都為中心的四川割據或抵抗的能力記憶猶新。本來秦嶺是中國南北的天然分界線，也是主要行政區域的天然界線，從秦漢以至北宋，在今陝西和四川的政區都是以秦嶺劃分的，但元朝將這條界線南移到漢中盆地以南，目的在於打破四川對北方的壁壘，便中央政權能夠通過漢中盆地有效地控制四川。張獻忠等未能在四川形成割據局面，這樣的制度安排也起了一定的作用。

明清時，四川與雲南、貴州同屬行省（布政司），成都與昆明、貴陽的政治地位並無二致。但由於四川充足的財力和人口，對貧困的雲貴有「協餉」（財政資助）的義務，實際地位要高得多，儼然是西南的中心。建國後，成都曾經是中共中央西南局的駐地，一直駐有大軍區司令部。到上世紀60年代又是「大三線」指揮部的所在地，還是西藏的大後方，地位舉足輕重。正因為如此，不能不引起一貫致力於加強中央集權的毛澤東的疑忌。即使不發動文化大革命，李井泉這位「西南王」的「獨立王國」也不會有好下場。

改革開放以來，中央與地方之間的事權劃分日趨合理，但建立在中央集權基礎上的區域中心地位也隨之弱化以至喪失。重慶市的設立無疑對成都提出了新的挑戰，而新興產業的優勢也使天府之國的資源和人力優勢相形見絀。如果說以往2,300年間的成都之所以成「都」主要是來自中央政府的授權的話，今後能否成「都」將主要依靠經濟、文化、民生。

汶川大地震曾經使人們對成都的安全產生懷疑，實際上，根據地震史的記載，儘管四川是中國地震最頻繁、破壞性最大的區域之一，成都城區（不包括今成都市所轄市縣）卻是比較安全的。這也是成都之所以成「都」的理由，還是未來成「都」的保證。

地名、歷史、文化

「地名」以外的地名

地名不僅是一個名稱所代表的空間範圍和時間範圍，還存在地名本身以外很多方面的內容。我們現在講地名的時候，往往忽略了它們的時間意義和概念，因為從空間範圍講一個地名，無論點還是面，是通過地理坐標，用具體界限劃定的。但是任何一個空間範圍其實都與一定的時間範圍相聯繫，這個時間範圍有的長有的短，在這個時間範圍裏面又與很多地名以外的事物和因素相聯繫。所以地名除它們的本意之外，還有其歷史的、文化的、社會的、民族的等各方面的意義。

早期的地名實際上反映了族群分佈，儘管我們對它們的具體內容還不了解。如商朝人，幾乎將所有做過都城的地方都稱為「亳」，早期遷移到的地方也命名為「亳」。又如，山東好幾個地方地名都帶「不」（音夫），其實這也是反映某一個族群的流動或者分佈的特點。再如「姑」字，江南有好幾個地名有這個字，最著名的是蘇州，被稱為姑蘇。對「姑」字以前有幾種望文生義的解釋，

本文是 2015 年 5 月 28 日在《光明日報》「光明論壇」的演講稿。

但我的老師譚其驤先生認為「姑」沒有具體意義，只是越人的發語字。但這類地名的存在反映了某支越人的分佈。再如敦煌，從漢朝開始就有人根據漢語解釋「敦煌」二字的含義，後來日本學者指出敦煌不是來源於漢語，而是來自土著民族的語文，漢字是採用音譯，所以不能按字面解釋。不僅敦煌，我國西北地區還有很多地名，當漢朝人記錄下來時已經無法考證它們的含義，但都反映了古代西域一些族群的分佈，以及族群的影響。但在這些方面我們目前的研究很不足夠，將來或許能通過這些地名破譯民族成分的密碼。

早期的地名後來成為國名，成為朝代的名稱，其實開始往往是指具體的地方，例如秦、漢、魏、晉、宋等。以「漢」為例，來源於漢水，因為有了漢水，才有了漢、漢中等地名。劉邦的封地在漢中，成為漢王，以後他建立的朝代就是漢朝。因為漢朝在中國歷史上有重大的影響，基本上奠定統一中國的疆域，所以這個民族主體被稱為漢族。這些地名經歷具體的事件後發展成國名，因為開國皇帝或者統治者和往往會把這些地方作為發祥地，以後成為朝代名稱。

地名的遷移也反映人口遷移或民族的遷移。比如漢高祖劉邦的祖籍是豐縣（今江蘇豐縣），他父親長期生活在豐縣。劉邦做皇帝以後將父親接到關中，尊他為太上皇。但太上皇卻悶悶不樂，表示住在關中不開心，因為聽不到鄉音，看不到鄰里鬥雞溜狗，吃不到路上賣的餅。於是劉邦下令將豐縣居民全部遷至關中，為他們建一座新城，完全模仿、複製豐縣。據說複製非常成功，移民將從家鄉帶來的雞狗放在城裏，都能找到原來的窩。這座新城被命名為新豐，就這樣，豐縣的地名被搬到關中。像這樣的例子歷史上不止

一個，所以我們往往能看到早期地名從北方搬到南方，從中原移到邊疆。

北京郊區有很多以山西州、縣或者小地方命名的地名，是因為明朝初年有大批山西移民，整體遷到北京郊外，所以留下很多山西地名。但是這樣一種地名搬家也出現過敗筆，我認為最大敗筆是乾隆皇帝把西域改名為新疆。「新疆」原指在貴州境內一片少數民族居住的地方，後來被設置為幾個縣，所以當地稱之為新疆。乾隆年間，天山南北路平定之後，西域被改稱為新疆，以後建省時也用了這個名稱。這當然是乾隆皇帝為了宣揚他的赫赫武功。儘管這不會改變新疆自古以來屬於中國的歷史事實，但還是授人以柄，增加不必要的麻煩。外國有人攻擊我們，說中國到乾隆年間才佔有新疆的，因為你們自己都承認新疆是你們新的疆土。其實清朝學者已經發現漏洞，所以他們解釋為「故土重新」，但這也可以解釋為左宗棠從阿古柏叛亂中收復新疆。這至少是改地名的敗筆，如果沿用西域，與二千多年前一致，豈不更好！

還有很多地名本身就記錄了一段歷史，最典型的，是今山西、河南兩個縣的名稱：聞喜和獲嘉。聞喜本是西漢河東郡的曲沃縣，漢武帝經過時獲悉平定南越叛亂的喜訊，即改名聞喜。當漢武帝行經河內郡汲縣新中鄉時，又傳來了發動叛亂的南越丞相呂嘉被俘獲的消息，即下令在此新設一縣，命名為獲嘉。類似地名還有很多，每個地名都記錄了一段歷史。

又如重慶本來叫恭州，南宋淳熙十六年（1189 年）正月，孝宗之子趙惇先封恭王，二月即帝位，為光宗皇帝，稱為「雙重喜慶」，於是升恭州為重慶府，重慶由此而得名。所以有很多地名，

如果仔細了解研究一下它的來歷，往往就是對本地歷史的重要記載，有的甚至是很重要的篇章。

同樣，地名在對外關係上也有表現。最典型是解放時被稱為鎮南關的地方，為了表示與越南的友誼而改名睦南關，以後為了突出與越南「同志加兄弟」的親密關係又改為友誼關。上世紀80年代，我去友誼關考察，越南大炮把友誼關屋頂打穿的洞還在，那時候看到友誼關這幾個字感到啼笑皆非。但是最近去的時候，不僅友誼關樓已經修好，而且我已經能夠站在新劃定邊界線上照相留念了，現在至少這個關的確是友好的。

地名在民族關係上也有表現：解放被稱為綏遠的地方，解放後我們改稱為呼和浩特；比如烏魯木齊原名是迪化。有的不一定改，卻反映了民族關係的歷史事實。清朝實行改土歸流後，新設了一批府級政區，在命名上都看得出，比如湖北恩施，所轄縣原來都是土司，新設府縣被看成朝廷施的恩。

還有很多紀念性質地名，從最早將黃帝陵所在地稱作為黃陵，到近代全國各地很多以「中山」命名——比如中山路、中山大道、中山公園，廣東香山縣改為中山縣，現在叫中山市。國民黨政府為了表彰衛立煌，曾在安徽六安縣金家寨設立煌縣。抗戰勝利後台灣光復，各市都有馬路改名為中正路，上海的愛多亞路也改名為中正東路。台北有羅斯福路，解放後東北的城市中有斯大林大街。還有頌揚性的名稱，並不太明顯，實際上大家都明白，比如說中共一大會址的地方，原來是望志路，是用法國人的名字命名的，解放不久

改名興業路。這些地名有些存在時間很短，有些持續至今，這就反映出不同時期政府與民眾的意志和情感，也反映出被紀念者的影響程度。

有一些地名反映一個階段或一段時間的觀念和價值趨向。比如民國年間馮玉祥主政河南時設博愛縣、民權縣，台北市有忠孝路、信義路、仁愛路等，各地有不少地名以自由、民主、和平、幸福、解放、復興、建設等命名。

有的地名是地理環境的反映，這類地名在研究歷史地理時很有意義。有的是當初概念與今天不同，有的當初是對的，但現在地理環境發生了變化。這也是具有規律的，比如河南與河北劃分是以黃河為界，但也可發現，河南省有一些地方跨到黃河北邊，所以地名本身歸類是一回事，但以後發生了變化，這變化恰恰為我們研究歷史上地理環境變遷提供了根據。

還有一些地名體現了近代殖民的歷史。帝國主義侵入我國後，一些地名發生了變化，比如東北的一些地名，在俄國入侵之後被換成俄國地名，香港被英國佔據後，很多英國地名被就搬到了香港。比如香港的太子道，就是因為 1922 年英國王儲愛德華到訪以後，將一條街道改名的。又如上海的戈登路（今江寧路），就是當時為了紀念參與鎮壓太平天國的英國人戈登。霞飛路是用法國著名將領的名字命名的，解放後為紀念淮海戰役改名淮海路。

總之，地名如果只是記錄它所代表的空間範圍，那麼它是純粹的地名。實際上，地名所包含的內容非常豐富。

「中國」稱謂的變遷和含義

「中國」這兩個字最早發現是在這件青銅器上，考古學家稱之為「何尊」，它是 1963 年在陝西省寶雞縣被發現的。尊上面有銘文，銘文上面出現兩個字，就是我們現在看到最早的「中國」二字。銘文中敘述了這樣的大意：「武王在攻克商朝首都後，舉行了一個隆重的儀式向上天報告：『我現在佔有了中國，準備把它當做自己的家，並且統治那裏的民眾。』」

中、國這兩個字最早都是象形文字。「中」本來是一面特殊的大旗，是商朝人為召集他的部隊和民眾集合用的標誌。由於集合時這面旗幟總是處於中間，以後就衍生出中心、中央、最重要的等意義。

「國」也是一個象形文字。中間的口表示人，有幾個口就是幾個人，所以稱為人口。口下面的一橫杠表示一片土地，無論生活或生產都離不開自己的土地，所以還得有人拿着戈守衛。為了更安全，須要在四周築上一道城牆。所以國實際上是有圍牆圍起來的，有人守衛一個居民點；一個聚落，一座城，古代又稱為國。

「中國」的含義就是在很多國裏，處於中心的、最重要的國，這就是中國。商與西周的國都很多，春秋初期還有一千多個。在這麼多國中間誰有資格稱為「中國」呢？只有最高的統治者，比如說商王以及後來的周王，他們居住的地方才有資格稱為中國，「中國」是天子所在的國。

但東周時天子的地位名存實亡，各諸侯國間相互吞併，國的數量越來越少，國土卻越來大。到戰國後期，只剩下秦、楚、齊、

燕、韓、趙、魏七國和若干小國，所以諸侯都開始以中國自居。公元前 221 年秦始皇統一六國，建秦朝，稱皇帝，自然也自稱中國了。以後歷代王朝都自稱為中國，連入駐中原的少數民族，或者與中原關係密切的政權也都自稱中國；中國概念從一個點擴大至整個國家，甚至包括邊疆的少數民族的政權。比如契丹人建了遼朝，到遼朝後期，也認為自己是中國的一部分。南北朝時，南朝、北朝都稱自己為「中國」，而罵對方是「索虜」、「島夷」，隋、唐統一以後它們都成了「中國」一部分。「中國」實際上成了這個國家的代名詞，但各朝都有自己的國號，如清朝稱大清、大清國。

1912 年中華民國建立，開始有了「中華」和「中國」兩種簡稱，但是基本上人們習慣使用「中國」。

在古代，中國的民族含義等同於華夏諸族或者漢族，與之對應的稱呼是「蠻」、「夷」、「戎」、「狄」，比如「南蠻」、「東夷」、「西戎」、「北狄」，或者「蠻夷」、「夷狄」。文化上的含義也只指華夏、漢族的文化，不包括其他民族。今天的中國當然應該包括組成中華民族的各族，而廣義的中國文化也應該包括 56 個民族的文化。

歷史上，中國的地理概念往往等同於中原，但這個中原並沒有明顯界限，並不一定就是河南省，甚至更大範圍，都可以稱為中原，如山東、山西、陝西、河北、安徽等地。

「中國」兩個字從三千多年前發展到今天，與中國的國土、人口、民族、文化、歷史密切相關。中國所蘊含的意義，不是簡單以多少萬平方公里或者地理坐標所能詮釋的，是一部活生生的國家和民族發展史。

「北京」的演變

以北京為例，「北京」這個地名我們可從兩方面分析。一是北京這一塊土地它的名稱有過哪些變化；一是北京這兩個字在歷史上曾經代表過哪些和多少不同的空間範圍。

北京這個地方最早能找到地名是燕和薊，在周武王封燕以前，「燕」這個地名已經存在了，又稱為薊。到秦漢時，出現了廣陽郡，郡是縣以上一級政區，在漢朝郡與國並行，所以一度被置為廣陽國。附近兩個與廣陽郡關係密切的，一個是漁陽郡，一個涿郡。所以，也有把漁陽、涿郡來代表北京的說法。東漢以後又出現了幽州，燕國還曾被稱為范陽郡、范陽國，燕國後來一度又出現燕郡，這些名稱都是交替出現的。「燕」實際上最早是燕城，以後有燕國，有燕郡。涿郡更靠近原來的薊縣。到了金朝，北京這塊地方被稱為中都大興府，後來又有了大興縣。元朝時被設為大都路，成了首都。

明朝地名變化最為複雜，但奠定了今天北京的基礎。明初設立北平府，後因明成祖遷都，把北平府改成順天府。在一級政區（相當今省級）設了北平布政使司，當時南京被稱為京師。遷都到北平以後，北平改稱為「京師」。但因為原來的京師還保留首都地位，為與北方的京師加以區別，被稱為南直隸、南京，京師就被稱為北京。清朝官方一直稱現在的北京為「京師」，周圍的行政區為直隸，但無論官方民間，習慣還是用北京。清朝廢南京，改南直隸為江南省，以後分為江蘇、安徽兩省。民國初，北京繼續作為首都而

存在。1927 年，南京成為首都，北京改名北平市。1949 年，中華人民共和國首都定在北京，北平改稱北京。

從曾經的一個小諸侯國、居民點，發展成為區域性中心和重要軍事基地，又成為另一個非漢族政權的都城，到現在成為國家首都。北京地名的演變反映出這座城市的發展過程，實際上一部北京的開發史、政績沿革史和社會變遷史。

全國各地曾出現的「北京」

「北京」作為地名，曾經在全國很多地方出現過，北至今天的內蒙古，南至江蘇都用過。為什麼北京這個地名曾經用於全國各地？既然稱之為北京，相應地肯定有南京等地。這說明在歷史上，特別在分裂時期，政治中心往往並不固定在一個地方，反映地名地理的坐標也在變化。坐標體系中，比如中心城市發生變化，那麼，相應對中心位置，以及相應中心的地名也會發生變化。

歷史上，有據可查的最早使用「北京」兩個字的，是西晉時的江南人。當時，他們稱洛陽為北京，這種叫法不是正式名稱，正式名稱叫作洛陽。在江南地區、特別在原吳國，洛陽被稱作北京，既含有因為京城在北方，還包含着是北方政權的「京」的意思。

真正把「北京」當做政治中心的做法，源於十六國的赫連勃勃稱統萬城（今陝西靖邊白城子）為北京。他在實力擴張到關中、佔領長安後，在長安設南台，即在南方的政府機構，把統萬城稱之為北京，是正式的都城。

北魏從平城（今山西大同）遷都洛陽以後，因為平城是故都，一度稱之為北京。這是相對洛陽所處的南面而言，對原來首都的尊重，以滿足一些貴族老臣對舊都的眷戀，所以稱之為北京。

到了唐朝和五代的後唐、後晉、後漢三代，都稱晉陽（今山西太原）為北京。唐朝還存在南京、東京、西京的建置，因為唐高祖李淵從晉陽起家，所以稱之為北京。五代的唐、晉、漢的統治者也是從晉陽起家的，所以晉陽繼續擁有北京的稱號。

金朝入主中原，把原來遼朝的臨潢府改名為北京，就是今天內蒙古的巴林左旗。後來以中京大定府為北京，在今內蒙古寧城縣西北。因為當時金朝政治中心內遷，相對而言，這些地方成了北面，才有了北京的稱號。

明朝曾一度將開封府命名為北京。朱元璋建都南京以後，深知南京位置偏南，希望在北方找到一個能夠長期建都的地方。他一開始中意開封府，將其升格為北京。後來，卻發現從南方通往開封的水路淤積，水量不足，無法保證糧食的運輸，最後不得不放棄。

永樂年間，北平府改順天府，這時北京的概念才和今天的北京城聯繫起來。中國歷史上出現過很多北京，都是因為出現過或同時存在南京的緣故。明朝遷都後的正式名稱叫京師，但因為兩京並建，只能用南北加以區分。要是沒有這個情況，那麼宣德正式遷都後不會再有南京，也就不會有北京，更不可能到清朝還繼續稱北京。1927 年北京改成北平後，當時的居民往往繼續稱北京，而不用北平。這足以證明歷史地名具有非常強的生命力，也有非常強的滯後性，一些地名正式名稱反而不如俗稱，部分習慣稱法能夠得到延續。

從一個地名——北京的變遷，理解北京這兩個字代表不同的地名、不同地理坐標。說明地名除了本身所應有的代表的空間範圍概念以外，在不同的時間範疇裏，有複雜、深刻的含義，值得我們重視和研究。

更換地名、行政區劃的亂象

現在社會上出現一種隨意更改地名的現象，中斷了歷史的延續。一些地名，特別是縣名和縣治所在，從秦漢時期沿用到現在，二千多年來不僅名字沒有改，地點也未曾發生變化。但是，其中的一些地名被莫名其妙地改掉，從此就消失了，與歷史上的政治、經濟、文化、民族、一些大事件聯繫在一起的地名也消失了。近年來，一些地方又盲目恢復古地名，卻往往張冠李戴，移花接木。從更改、消失再到恢復的過程，總是會產生許多麻煩。比如，沔陽是從南朝就存在的地名，遷都後設置過郡、縣、州、府、鎮，但到1986年，沔陽縣被撤銷，建仙桃市。而仙桃此前只是縣治所在鎮的名稱。荊州市一度改成荊沙市，後來又恢復。襄陽與樊城改稱襄樊市，現在又恢復成襄陽了。一些地名本來是歷史上非常重要，或者跟一些非常重要的歷史或者社會有關，直到現在還沒有恢復。與此同時，任意復古名的情況也有很多，也產生很多後遺症。

在行政區劃調整中人為取消了不少舊地名，隨意簡化縣級地名，甚至民政系統中間無法再登記原來的籍貫。我本人從小登記出生地為浙江吳興縣南潯鎮。現在已經沒有吳興縣，只有吳興區。但吳興區不包括南潯鎮，南潯鎮隸屬於湖州市南潯區。不過，吳興

這個從三國時就出現的地名總算保存下來了，而更多的古地名卻消失了。

更改地名，對個人和社會而言都有割斷歷史的危險。後人也不知道你到底指的是哪裏，現在爭奪歷史名人故里，很多現象很可笑。其實有些古地名在今天什麼地方是很清楚的，但頻繁的區劃調整、地名改變給一些人可趁之機，人為製造很多矛盾。本來，大多數行政區劃的調整只要改通名就可以了，用不到改專名，但是為了表示是新地名，或者為了提高影響，故意將專名更換。這不應該，也是很可惜的。隨着一些專名的消失，跟它們有關的歷史文化也將湮沒。

目前的行政區劃名稱也是相當混亂。中國歷史上曾經用過的行政區劃通名很多，為什麼現在不能做到將統一的名稱代表一種區劃？例如，市既可以代表省級的直轄市，也可以指「地級市」，還有縣級市。我們為什麼不能下決心統一規劃行政區劃通名？非但沒有做這項工作，還不斷出現新的混亂。如區，已經有了省級的自治區、地級的直轄市區和縣級的市轄區，現在又出現了副省級的綜合開發區、地級或縣級的開發區、新區，還有礦區、城區、郊區。

用景點名稱取代政區名稱是造成地名概念混亂的又一做法。最典型就是把徽州改黃山。如今，外地人如果說去黃山，本地人就會詢問你：是要到黃山山下去，還是去老屯溪？同樣的，都江堰、井岡山等變成了政區名，很容易與真正的景點混淆。

用景區名取代原來政區名稱的一個理由，是改名後促進旅遊開發，增加地方收入。這種說法完全是欺人之談。如張家界，要是

沒有被確定為世界文化遺產，沒有大規模的開發和投入，僅憑改一個名，就能增加十幾個億的收入嗎？商業因素的冠名做法，也是地名更換的一大原因。在市場經濟情況下，我並不反對適當採用商業冠名的形式改變地名，而前提應該堅持原有地名必須保留。現在往往因為商業利益，永久性把地名改掉了，不應該也不合法。正確的做法是根據出資的多少，確定新地名的使用期限，而不是永久性的改變。

一些外國地名在中國的濫用也應引起我們的注意。有人曾要求禁止在中國使用外國地名，我並不贊成，適當使用外國地名是可以的。比如，已經成為當地歷史的外國地名也應該保留，在一些開放城市適當增加一些以外國人名、地名命名的地名也並無不妥。但將一些地方命名為風馬牛不相及的外國地名，不僅缺乏嚴肅性，還容易引發其他國家的不滿。隨意把別國地名拿過來命名景點、小鎮，侵犯了他人的地名佔用權。而濫用外國地名只能夠反映出命名者的價值觀念混亂，或者高估這些外國地名的價值。例如，一些新建的樓盤、新開發的小區鍾情於使用外國地名以顯示檔次，這種做法，地名管理部門應該嚴格控制。

我經常問學生，你是哪裏人？他們往往只告訴我是某市人，只講到「地級市」一級。我問是哪個縣（區），他們才告訴我。為什麼不說全？他回答怕你不知道。介紹籍貫的傳統做法是到縣一級，如果不這樣做，長此以往，中國人的地理知識將會越來越貧乏，地理知識不僅需要在課堂上的學習，它的傳播和鞏固需要日常真正的使用。如果，我們接觸地名越來越單一、籠統，勢必造成大家地理知識越來越貧乏。

總而言之，我感到地名是我們歷史和文化寶貴的遺產，因為任何地名的產生，一般都反映出當時這個地名出現、存在和延續的一些因素，而不僅僅是作為一個地理的坐標。規範地名的使用、地名的文化建設的立足點，就是在傳承文化和歷史。而在這個過程中，使地名資源能夠為我們今天和今後所用。

被高估的民國學術

在社會上出現「民國（小學）教材熱」時，有記者問我：「為什麼民國時的大師會編小學教材？」我告訴他，那時編教材不需要哪個政府主管部門批准，只要有出版社出就行，而出版社對編者是按印數付版稅的。所以編教材的版稅收入一般遠高於學術著作，如果能編出一種印數高、通用時間長的教材，編者等於開發了穩定的財源，何樂而不為？至於「大師」，這是現在對這些編者的稱號或評介，當初編教材時，他們還不具備這樣高的身份，甚至還只是初入職場的年輕人。

近年來，隨着「民國熱」的升溫，一批「民國範兒」的故事流傳日廣，更成為影視作品的新寵。與此同時，一批民國的「學術大師」如出土文物般現身，或者被媒體重新加冕。於是在公眾和年輕一代的心目中，民國期間成了大師眾多、高峰林立的學術黃金時代。

不過如稍加分析，就不難發現，這樣的「黃金時代」的呈現，並不是正常的學術史總結研究的結果，或者是相關學術界的共識，

本文原刊於《文匯報》2014 年 10 月 17 日，其後收錄於《葛劍雄文集 6：史跡記踪》（廣州：廣東人民出版社，2015）。

大多卻是出於媒體、網絡、公眾，或者是非本專業的學者、沒有確切出處的「史料」、人云亦云的傳聞。所關注的並非這些人物的學術成就，而是他們的價值觀念、政治立場、社會影響，甚至風流韻事。例如，一講到民國學術言必稱陳寅恪、錢賓四（穆）的人大多並不知道陳寅恪究竟作過哪些方面的研究，往往只是看了《陳寅恪的最後二十年》；也沒有讀過《國史大綱》或錢穆的其他著作。稱吳宓為「大師」的人，根本不知道他是哪一行的教授，只是同情他文革中的不幸遭遇，或對他單戀毛彥文的故事感興趣。稱頌徐志摩、林徽因，是因為看了《人間四月天》，或知道有「太太客廳」。

其實，民國期間的總體學術水平如何，具體的學科或學人處於何種地位，有哪些貢獻，還是得由相關的學術界作出評價，並不取決於他們的社會知名度，更不能「戲說」。影視創作可以以民國的學術人物為對象，戲說一下也無妨，但他們的真實歷史和學術地位不能戲說。

那麼，今天應該怎樣看民國期間的學術呢？

毫無疑問，這是中國學術史上重要的篇章，是傳統學術向現代學術轉化的關鍵性時期，也是現代學術體系創建的階段，各個學科幾乎都產生了奠基者和創始人，並造就了一批學貫中西、融會古今的大師。

從晚清開始，西方的自然科學（聲光電化）被引進中國，在回國的早期留學生與外國學人的共同努力下，到民國期間基本形成了學科體系，建立了專門的教學和研究機構。社會科學各學科也是從西方直接或間接（如通過日本）引進並建立的。就是人文學科和中

國傳統的學問，也是在採用了西方的學科體系、學術規範和形式後才進入現代學術體系的，如大學的文、史、哲院、系、專業或研究所，論著的撰寫、答辯、評鑒，學歷、學位、職稱的系列與評聘，學術刊物的編輯出版，學術團體的建立和發展等等。

以我從事的歷史地理學為例，在中國傳統學術中是沿革地理，屬史學的一個分支，主要是研究疆域的變化、政區與地名的沿革和黃河等水道的變遷，其源頭可以追溯到《尚書‧禹貢》。而中國傳統的「地理」也不同於現代地理學，只是了解和研究歷史的工具。只是在現代地理學傳入中國後，沿革地理才有了歷史地理這樣的發展目標，才發生了量和質的進步。上世紀 30 年代初，大學開的課還用「沿革地理」或「沿革史」的名稱，1934 年創刊的《禹貢半月刊》的英文譯名還是用 *The Evolution of Chinese Geography*(中國地理沿革)，但到 1935 年就改為 *The Chinese Historical Geography*(中國歷史地理)。50 年代初，侯仁之先生提出創建歷史地理學的倡議，自然是他接受了他在英國利物浦大學的博士導師、國際歷史地理學權威達比教授（Henry Darby）的學科理論和體系的結果。

民國時間的學術水平如何，就自然科學和社會科學而言是有國際標準的。儘管有少數科學家已經進入前沿，個別成果達到世界先進，但總的水平還是低的。人文學科的具體人物或具體成果很難找到通用的國際標準，但如果用現代學科體系來衡量，顯然還處於初級階段。如果在中國內部進行階段性比較，則除了個別傑出人物外，總體上遠沒有超越清朝。而今天的總體學術水平，已經大大超越了民國時期。至於傑出的個人的出現，主要是因為他們的天才獲得了發揮的機遇，與整體水平沒有必然聯繫。而且歷史上出現過的

學術天才，或許要經過相當長的年代才可能被超越，甚至永遠不被超越，民國時期也是如此。

正是由於這些特殊情況，到了今天，民國的學術往往會被高估。因為每門現代學科幾乎都是從那時發軔或成長的，今天該學科的專業人員，除了直接從國外引進的外，一般都是由當初的創始人和奠基者一代一代教出來、傳下來的，這些創始人、奠基者自然具有無可爭辯的、崇高的地位。解放後留在大陸、以後成為大師的學人，大多是在民國期間完成了在國內外的學業，已經嶄露頭角。儘管他們的成就大多還是在解放後取得的，但也被看成民國學術水平的代表。

歷次政治運動的消極影響和破壞作用，更加劇了這樣的高估和偏見。有的學科和學人因學術以外的原因被中止或禁止，形成了二三十年的空缺，以致到了改革開放後這門學科恢復，還只是民國時期的成果獨領風騷，一些學者的代表作還是當初的博士、碩士論文。例如費孝通的《江村經濟》，本來早就應該被他自己的新作或他學生的成果所超越，但由於 1952 年院系調整時社會學科被「斷子絕孫」，作為資產階級反動學科被徹底取消。等費孝通當了右派，連《江村經濟》也當作毒草批判，從此消失。由於一部分民國學人成了戰犯、國民黨反動派、帝國主義走狗、洋奴、特務、反革命分子、右派、反黨分子，或者去了海外，他們的論著被查禁，像我們這一代人從小幾乎一無所知，更不用說更年輕的一二代人。我在 1978 年考入研究生後，才在專供教師和研究生使用的參考閱覽室中看到一些民國學術著作，而直到 1985 年遊學哈佛，才有比較全面了解民國學術的機會。

無庸諱言，一些人對民國學術的評價、對民國學人的頌揚是出於一種逆反心態。是以此來顯現、批判今天學術界的亂象，表達他們對目前普遍存在的學術垃圾、學術泡沫、學術腐敗的不滿，對某些混跡學林的無術、無良、無恥人物的蔑視。就像讚揚民國時的小學課本編得多好，就是為了對比今天的課本編得多差一樣，應該促使我們反思，推動當前的改革，而不是壓制這種另類批評。

　　輿論與公眾出現這樣的偏差，學術界本身也負有一定的責任。本來，學術和學人的史實、學術研究的成果和水平，應該讓公眾了解，才能獲得應有的尊重，才能充分發揮社會效益。即使是高深、特殊的學問，也應該用淺近的語言、形象的方法向公眾介紹。在媒體出現不實報道、輿論對公眾誤導時，學術界要及時予以澄清和糾正，要主動提供正確的事實和評價。但由於學術界往往脫離公眾，或者不重視社會影響，對一些本學科視為常識性錯誤或胡編亂造的「史實」不屑、不願或不敢公開糾正，以致積非成是，形成「常識」。而一旦被高層領導認可或採用，不但再也無法糾正，學術界某些頌聖人士與風派人物更會從學術上加以論證和提升，反成了不刊之論。

　　例如，在季羨林先生的晚年，從大眾媒體到國家領導無不將「國學大師」當成他的代名詞，有時連他的「弟子」也被尊為「國學專家」，甚至「大師」。在學術界、特別是他的同行和學生心目中，季先生當然是無可爭議的大師，但大家都明白他的主要學術貢獻並不屬國學的範疇，而濫用國學實際是貶低了其他學問，如季先生主要研究的印度學和梵文的地位。但誰都不好意思或不願意向公眾捅破這一層紙。當我在報紙上發表質疑季先生「國學大師」身份

的文章時，好心的朋友勸我應該給老人留點面子。我說：正因為我尊敬季老，才要在他生前糾正他身不由己的被誤導，而不是在他身後批評。所幸不久季老公開表明了他不是「國學大師」，要求摘掉這頂「帽子」的態度。

我還看到過一篇「錢鍾書拒赴國宴」的報道，據說他在江青派專人邀他參加國宴時不僅斷然拒絕，而且謝絕來人為他找的「沒有空」、「身體不好」的藉口，要求直截了當回覆江青「就是不想參加」。一些媒體紛紛轉載，使錢鍾書的形象又增添了學術以外的光環。我覺得這既不符合文革期間的史實，又不符合錢先生的行事風格，在看到對楊絳先生的一篇訪談後，更斷定這是誇大失實的編造，就寫了批駁文章發表，此後似乎再未見到這則故事的流傳。

對先師季龍（譚其驤）先生，又有一些不實傳聞，如毛澤東曾多次就邊界糾紛徵詢他意見，林彪也向他請教歷史地理。實際上譚先生從未有與毛澤東交談的機會，唯一近距離見到毛的機會是參加他在上海召開的一次座談會。但因臨時通知不到，等他趕到會場時座談會已結束，大家留着看戲，他看到的只是坐在前排的毛澤東的背影。所謂林彪求教歷史地理，實際是他奉命為「首長」葉群個別講課，當時他根本不知道這位首長就是林彪的夫人。如果我順着這些傳聞擴展，或者保持沉默，完全可以給後人留下學術神話，並且會被人當成史實。所以我在《悠悠長水：譚其驤傳》中如實揭開謎團，復原真實的歷史。

紀錄片能成為歷史的一部分嗎

　　我從小愛看新聞紀錄片，或許與我喜歡歷史有關。開始只能在正片放映前，看到插入的編了號的「新聞簡報」。到我讀中學時，上海開了一家紅旗電影院，專門放新聞紀錄片，每場連映若干號新聞簡報。最吸引人的還是國慶等專題紀錄片，都是彩色的，不僅有國慶招待會、天安門廣場大遊行等壯觀場面，還有最新建設成就和祖國美麗風光。像原子彈爆炸、大型音樂舞蹈史詩《東方紅》、陳毅副總理召開記者招待會等，有的看了不止一遍。到文革間看到大字報和小報上的揭發材料，才知道有些新聞紀錄片其實並非事實。

　　1998 年初我在日本的國際日本文化研究中心當客座研究員。該中心收藏了大批侵華戰爭期間的紀錄片，我陸續看了偽滿製作的部分新聞片錄像。打開「新聞簡報」，竟然十分熟悉，從音樂、片頭到報道的方式與我以前看的「新聞簡報」如出一轍。原來這本來就是「滿映」（滿洲映畫株式會社）的首創，滿映被接管為東北電影製片廠後得以延續，以後又為中央新聞紀錄片廠所繼承。這些簡報的內容，無一不是美化日本帝國主義，宣揚偽滿的建設成就，為

本文先後收錄於《科學人文書系：守舊與更新》（上海：上海科學技術文獻出版社，2014）；《葛劍雄文集 5：追尋時空》（廣州：廣東人民出版社，2015）。

漢奸賣國賊招魂。如有一集是東北的兵工廠生產飛機，還有女工在裝配；有一集是一批學生赤身裸體在操場上集體操練；有幾集專門報道「汪主席」（汪精衛）在名古屋去世及屍體運回南京，眾漢奸在機場迎接。這些資料看來的確是在現場拍攝的，至少紀錄了專門製造出來的事實，今天依然是有價值的史料，但顯然不能僅僅根據它們來編撰歷史。

上世紀 70 年代初，有學生送我內部電影票，放映的是朝鮮電影《在村民中》，據說是金日成親自創作的。不大的放映室中間空着一大片座位，開映前一群朝鮮人列隊進場就坐。當金日成的形象出現在銀幕上時，朝鮮人像安裝了機械一樣彈了起來，整齊地鼓掌呼喊，婦女立即流出眼淚，帶着哭腔，而男人的呼喊近乎聲嘶力竭。逢場作戲的我們正不知如何收場，突然掌聲與呼喊聲戛然而止，朝鮮男女動作劃一迅速坐下。但不久領袖的形象再次出現，起立呼喊如儀，我們也隨之表演。幾次下來，我注意到在朝鮮人的第一排中間有一位頗特殊的人物，每次總是他第一個從座位上彈起，而只要他一坐下，其他人就會立即坐下，並不再有任何聲息。但如果由朝鮮人自己拍攝紀錄片，此人此事是絕對顯示不出來的，觀眾見到的，只是虔誠的民眾對領袖狂熱的崇拜和歡呼。即使是由對朝鮮備有戒心的人來拍攝，也未必能注意到這一關鍵的細節。

文革期間我當中學教師，學校奉命組織了一支學生迎賓隊，不時到機場、車站或馬路上迎送外賓。學生穿着鮮艷的服裝，打着腰鼓，整齊地呼着口號，每次都成為記者拍攝的對象。我發現以後播放的鏡頭，往往都是提前拍的或事後補拍的，因為真正外賓到達時，學生往往達不到最佳的表演狀態，動作不那麼整齊，甚至還來

不及表演外賓就過去了。對外賓和陪同的領導人的活動也是有選擇的，有些我在現場看到的事從未出現在鏡頭中。印象最深的是去虹橋機場歡送埃塞俄比亞皇帝海爾‧塞拉西一世離開上海那次，一進機場就發現停着很多卡車，還有不少陸軍軍人，還看到王洪文（當時任上海市革命委員會副主任）穿着軍裝。周恩來總理在陪同皇帝登上專機後，又走下舷梯，在我前面不遠處與送行的張春橋（當時任中共中央政治局委員、上海市委第一書記、市革會主任）單獨講了很久，然後才上飛機。由於專機一直沒有起飛，腰鼓不能停，帶隊老師只能指揮學生一遍遍敲下去。事後才知道這是林彪出逃後第一次公開接待來訪國賓，此時事件尚未公開，內部高度緊張，而王洪文已被任命為上海警備區第一政委。當然，以後在紀錄片中是看不到我親歷的特殊現象的。也有無法避開的鏡頭，每次迎送西哈努克親王夫婦時，緊隨其後的總是賓努親王，以他標準的動作伸頸顫頭，因此在事先對學生的「外事紀律」教育中特別強調不能笑，不能盯着他看。又如歡送塞拉西皇帝前的教育內容有：皇帝講排場，隨員和行李多，要出動 100 輛上海牌轎車；皇帝後面排第三位的一位女人為他牽着一條狗；不要大驚小怪。

在我從事歷史研究後，這些往事被我重新思考，使我想到了歷史與新聞的關係。在《歷史學是什麼》（北京大學出版社，2002）一書中我作過這樣的歸納：

> 有一種觀點認為，凡是過去的事情就是歷史。這種說法過於簡單了，其實我們能感知到的一切，等到感知了，都已經成為過去。新聞中報道昨天開的會，那當然已經過去了，就算是現場直播，等到你看到畫面，聽到聲音時，這聲音與畫面本身也已成

為過去了，那麼是不是整個世界的一切存在都成了歷史呢？這顯然是不妥當的，也是不可能的。歷史是過去的事，但過去的事並不等於歷史。

歷史不是一個純客觀的存在，而是人們對以往的一種記錄和認識。既然是人們對以往的記錄，就不可避免地會帶有人的主觀性和選擇性。要使歷史記錄更符合事實本身，我們所稱的「歷史」就應該和「現在」有一定的時間間隔，離記錄者、傳播者、閱讀者都要有一定的時間間隔。如果沒有一定的時間間隔，人們所看到的並記錄下來的事實，不一定就是事實的真相，或者不一定就是事實的最主要方面。因為同一時間內發生的事情太多，即便同一事情，也有着紛繁複雜的各個方面，寫歷史不可能把它們全部記錄下來，必然有所取捨。沒有一定的時間間隔，發展還在繼續，我們就無從判斷哪一個或哪些方面更有歷史價值。

我以奧運會、世界杯足球賽之類大型賽事為例：作為歷史的撰寫，最好是等比賽結束以後，我們根據比賽的結果，確定比賽中哪些應該重點描寫，哪些可以只寫一個統計數字，哪些則可以完全忽略。這就與新聞強調現場性、時效性截然不同了。這還只是個相當簡單的例子，整個人類社會的歷史，或者一個國家、一個地區的歷史，就更遠比體育比賽要複雜得多。所以就要過一段時間，有一定階段的間隔，形成一個比較穩定可靠的說法以後，我們才能把它作為歷史記錄下來。

新聞可以是將來編寫歷史的資料來源，但是新聞絕不等於歷史。例如我們現在研究第二次世界大戰，當時的大量新聞報道就是很重要的、很具體的史料。但另一方面，今天我們也可以發現，其

中不少內容並不符合實際，或者是純粹出於某種需要製造出來的假新聞。當時或有其必要，出於某種目的；或者是受到諸多局限，不得不如此發佈新聞。還有一些新聞內容是相互矛盾的，我們就要通過認真研究，並參考其他史料加以分析鑒別。這些在當時或現場是根本無法做到的，只能在有了一定的時間間隔以後才有可能。

至於這個間隔要多久，一般來說至少是一代人。國外有 20 或 30 年後解密檔案的制度，……為什麼要定 20 至 30 年呢？大概就是因為隔了一代人，經過二三十年時間，上一代人基本上都去世了，或離開政治舞台了，下一代人才可能不受上一代影響，比較客觀地接受事實。

中國自古以來就有生不立傳的傳統，一個人還健在的時候一般不給他寫傳記，要等他去世以後，甚至去世以後過很長一段時間才能寫。以前有句話叫「蓋棺論定」，就是這個意思。

歷史離開現實要有一定的距離，除了上述時間上的距離，還要有空間上的距離。歷史的撰寫者和研究者就是這段歷史的親歷者，對了解歷史真相固然有好處；但如果撰寫者和研究者離現場太近了，或者自己就是其中的一員，就很難擺脫自身的影響，反而不容易做到客觀和真實。我們經常看到一些人寫的回憶錄，且不說那些根本沒有回憶資格的人所假造的「親身經歷」，就是真有親身經歷的人，也是人言人殊，原因就是他們無法擺脫自我，不能實事求是，因而出現為尊者諱、為親者諱、為賢者諱、為本人諱、為惡行諱這類通病。

按這些觀點來看紀錄片的拍攝和製作，可以肯定以下幾點：

拍攝者紀錄的素材既可以是新聞，也可能是史料，因此要盡可能接近第一現場和第一時間，盡可能客觀地拍攝。但是真正的完整和全面是不可能做到的，這就需要拍攝者既有新聞頭腦，又有歷史眼光，抓住最有代表性的場景、最有衝擊力的鏡頭，注意尋找獨特的角度。在可能的條件下，盡可能多地留下素材。

　　拍攝者的眼光和能力，是最重要的、第一位的。隨着科學技術的進步和器材成本的降低，監控器和自動拍攝機將越來越普及，使普通監控機的錄像達到播放質量並能無限量存儲的前景指日可待；通過衛星、無人飛機或特殊設備長期拍攝敏感地區、危險地區或不便人類活動地區，也將不存在技術上的困難。但個人在現場的靈感和創造力是無法取代的，而這些都來自拍攝者的天賦、總體素質和價值觀念。

　　偶然因素也是可遇不可求的。汶川大地震後，我看到過一段大震來臨時都江堰市內的情景。事先得知，拍攝者是都江堰電視台的記者，地震發生時正好背着攝像機外出，才能夠在第一時間加以記錄。不過，即使同樣有這樣的機會，不同拍攝者的成果肯定也是不同的。

　　但是記錄人類社會與記錄自然現象是不同的。記錄自然現象當然是越及時越靠近越細緻越好，而記錄社會現象時卻會受到被記錄者的局限和個人以外的影響或干擾。以近來頗為拍攝者關注的滇西抗戰幸存老戰士為例，記錄他們的最佳時機無疑就是當初的戰事現場。可惜那就不可能有必要的現場拍攝者和合適的拍攝器材，大多連照片都沒有留下一張。第二段合適時機是他們年富力強時，可是那時大部分將士已隨國民黨軍隊遠走他鄉，有的被李彌帶到了緬

甸。留在大陸的人或被鎮壓，或被監管，幸免的人避之猶恐不及，除非公安部門要調查他們的「罪行」，絕不會有人來記錄他們依然清晰的記憶。到了今天，碩果僅存的滇西抗日和遠征軍老戰士，成了紀錄片製作者最寶貴的資源。可惜他們已是風燭殘年，有的人記不清，表達困難，有的甚至還來不及將自己的經歷說完已撒手塵寰。但是，此時能夠留下的紀錄恰恰是六十多年來最可信的，因為除了生理上的障礙外，這些老人已不存在什麼顧慮，他們無不希望在離開人間前為自己、為戰友、為家人說出這一段真相。不可否認，有的老人已經言語不清，有的回憶已經明顯錯誤，有的完全喪失了表達能力，所以可信也只是相對的，這是記錄歷史的局限和無奈。

正因為如此，有歷史擔當的紀錄片應該與現實保持一定的距離，不必在拍攝對象剛剛成形、完成或過去時就匆匆忙忙地製作，以免受制於政治、經濟、社會等方面各種因素的影響或限制，也避免陷入利益、感情、觀念的陷阱。還有些涉及國家機密、社會禁忌、個人隱私的內容，在一定的時間內不能公開，但過了一段時間，有些內容就解密、淡化或消除了，此時再來製作，至少會有更多的真實性，迴旋的餘地更大。例如，現在創作朝鮮戰爭、「兩彈一箭」、對越自衛反擊戰的紀錄片，肯定會比當初拍攝的新聞報道更接近歷史事實。

歷史是客觀存在的，記錄歷史也應該以事實為基礎，創作歷史題材的紀錄片同樣如此。但在運用歷史事實和歷史研究的成果時，可以並且應該有所選擇，應該顧及國家和群體的利益、公眾的感情和接受程度、法律和倫理的底線。在涉及國家利益、民族關係、宗

教信仰、民風民俗、個人隱私時，選擇和迴避是必不可少的。紀錄片總有長度的限制，創作者對素材的選擇總會受到制約。在這種情況下，創作者的主觀意圖和價值觀念顯而易見，不可能是純客觀的。如 BBC 製作過一部《人民的世紀》，回顧 20 世紀的 100 年，每年拍一集，我印象中都不超過一小時。在如此短的時間內反映全世界在這一年中的變化，不選擇行嗎？其中 1966 年這一集拍了中國的文化大革命，與當時中國人拍的自然迥然不同。

但無論如何選擇，絕不能造假，包括不能通過剪輯或其他技術手段造假，也不能用引導觀眾懷疑、誤解歷史事實的情況下設置「懸念」，否則就不成其為紀錄片。為了製造效果，或幫助觀眾認識歷史真相，使用一些復原性的、仿造的或借用的場景是允許的，使用得當的確能加深觀眾的印象，有利於彰顯史實。但這些場景應該以不違背史實為前提，或者是普遍適用的、中性而不帶感情色彩的、虛化的。現在有的紀錄片隨意採用同類素材，甚至直接採用虛構的「歷史劇」中的場景，是有相當大風險的。國內外都有一些重大事件的歷史性鏡頭，實際是事後補拍的。作為新聞報道，這種做法無可厚非。作為歷史的紀錄片，這些素材並不足取。

採用這類間接的素材，還應注重細節。例如，一部歷史記錄片提到三國時，用了一段影視片中的作戰場景，騎兵舉着的旗幟上一個大大的「蜀」字。其實劉備用的國號是「漢」，「蜀」是後人或他人的稱呼，絕不會出現在劉備方面的戰旗上。又如，有的紀錄片用了董希文創作的油畫《開國大典》，卻沒有注意這幅畫曾先後塗掉了高崗、劉少奇。如果不是為了顯示這幅畫本身的滄桑，就只能用原始的畫面，否則還談什麼歷史？

為什麼要報考歷史專業

　　如果問你為什麼喜歡看歷史書，你可以回答因為喜歡，或者因為有趣；但如果問你為什麼要報考歷史專業，你的回答就不應該只是喜歡或有趣。因為報考歷史專業與看歷史書不同，如果只是想看歷史書，或者歷史書有趣，完全可以報考其他專業，以後在課餘、業餘時間也能看。在大學毛入學率還不到 40%、大學也不屬義務教育的條件下，考大學須要經過激烈的競爭，上大學得花不少錢，個人和家庭總得考慮一下是否必要。大學畢業後也還有擇業競爭，一般來說，所學的專業與就業有比較直接的聯繫，未來若干年內就業壓力還會存在，選擇專業時不能不考慮這一因素。所以，不能僅僅為了興趣而報考歷史專業。

　　那麼，什麼樣的人適合報考歷史專業呢？我認為有兩類人，一是希望並且有條件從事歷史研究的人，一是希望並且能夠將歷史作為工具運用的人。

　　第一種人當然是以喜愛歷史為前提的。如果到了高中畢業還對歷史沒有興趣，更不喜愛，何不早些改變？但僅有興趣不夠，還得看是否有基本的條件。每個人有不同的天賦，除非有特殊的、不得

本文原刊於《騰訊網·大家》2015 年 6 月 15 日。

已的原因，都應該用其所長。如果自己把握不準，可以請熟悉自己情況的老師、長輩、朋友分析一下。如果想從事歷史研究，光讀本科是不夠的，最好接着讀研究生，畢業後爭取在研究型大學或研究所工作。

但專業研究是艱難的、寂寞的、枯燥的，有時甚至會很痛苦。特別是像歷史這樣的傳統學科，要想取得突破性的成績並不容易。新發現的或得到解讀的文獻史料、遺址遺物可能提供前人未見的證據，借助新的科學原理和技術手段也可能破解前人無法解決的難題，但多數歷史學者沒有那麼幸運，期望值不能太高。在本科階段還要作語言和相關學科專業知識的準備，如準備研究中國史的要能熟練閱讀文言文，即使是研究近代史，要知道民國年間大量文書、函電就是用文言寫的。準備研究外國史的，除了要學好通用的英語、法語等外，還得學好對象國的語言。這些都需要較長時間，到研究生階段再學往往太遲了，或者時間不夠了。有志於研究專門史的，最好利用本科階段學習相關學科，如文化史、經濟史、宗教史、民族史、外交史等都需要掌握相應的基本理論和基礎知識。在此過程中如果感到力不從心，盡了努力還是適應不了，不如改變目標，成為運用型的歷史學者。

即使是最富裕國家的歷史學家，也不可能僅僅依靠學術成就成為富翁。他們能過體面的生活，有受人尊敬的社會地位，卻不可能獲得多少財富。就是在知識產權最值錢的國家，純學術著作也不可能拿到多少版稅。除非你能寫發行量大的暢銷書，參與以歷史為題材的影視娛樂產品，或從事以歷史為資源的商品交易和市場活動。一句話，想發財致富而又有這樣能力的人，還是別選擇當歷史學

家。如果對歷史有興趣，盡可在發財後當作業餘愛好，或者用錢購買歷史類的服務。

第二種人是通過接受大學的歷史專業訓練，將歷史作為未來的運用手段，或者作為提升自身素質的一部分。這部分人在大學畢業後，主要選擇與運用歷史知識有關的職業，如歷史教師、歷史編輯、文博檔案、文化傳播、文化服務、文秘等。所以除了要學好歷史以外，也得打下與自己目標相關的基礎。如當教師應有良好的表達能力，當編輯應具備文字功底，文化傳播自然要掌握傳播理論和手段，否則到時未必如願以償。近來歷史專業的畢業生經常在就業率中墊底，一個主要原因就是他們在校期間沒有做好提高運用能力的準備，所以對這些崗位缺乏競爭能力。其實，隨着現代服務業、新媒體、文化產業、網絡經濟等新產業的發展，對歷史運用的需求是相當廣泛的。

有些人原來是以歷史運用為目標的，但以後興趣提高了，發現了自己的潛力，也不妨調整目標，畢業後繼續讀研究生。但因為怕找不到工作而臨時起意，即使僥幸考上了，會讀得很辛苦，前程也未必美好。

如果將讀歷史專業作為提高自身素質的途徑，也應全面考慮自己的條件，如今後的謀生手段、對擬從事的職業的適應性、進一步發展的方向等，不能盲目模仿或攀比。

已故國家副主席、「紅色資本家」榮毅仁是聖約翰大學畢業生，讀的是歷史系。作為榮氏家屬的第三代傳人，自然不須要也不會考慮畢業後的出路，榮家看重的是聖約翰大學的聲譽和畢業生的綜合素質。他們更明白，榮毅仁需要的是駕馭全域的能力，而不是

具體的管理手段和技術水平。如果是一個小企業主家庭，恐怕不會讓子女上學費昂貴的大學，學對他們的企業沒有直接用途的專業。

還有人以王岐山畢業於歷史系來證明學歷史專業的重要性，這未免過於牽強。我不知道當初上歷史系是王岐山的自覺選擇，還是組織分配的結果。即使是他的自覺選擇，歷史素養也只是他綜合素質中的一部分。要是不具備其他方面的素質和經驗，僅僅憑着大學歷史專業的知識，他能擔當黨政、財政、金融等方面的重任嗎？但另一方面，歷史專業和歷史學的訓練，無疑會給予每一位認真的接受者重大影響，至少是潛移默化的作用，自然也會影響其邏輯推理、分析綜合能力，影響其人生觀、價值觀和世界觀。但這類影響因時而異，因人而異，往往是可遇不可求的。

所以，以提高綜合素質為目的的歷史專業學生，不應拘泥於具體的歷史知識，不要停留在史料的閱讀和記憶，而應加深對歷史理論、歷史觀念、歷史規律的理解，也可對不同的研究方法作些嘗試。

第三編

學者・藏書

《周有光百年口述》讀後

2014 年 1 月，在恭賀周有光先生 108 歲壽辰時，我寫過這樣一段話：

> 天之降大任於斯人，必予以優秀遺傳基因，使之健康長壽，智力超常；須自幼接受良好而全面的教育，使之具備全面優良素質，掌握古今中外知識；給予歷史機遇，既使其歷盡艱辛，又獲得發揮其智慧才能的機會。更重要的是，本人在大徹大悟之後，能奉獻於民眾、國家和全人類。古往今來多少偉人天才，具備這四方面條件者罕見記載。而周先生不僅具備，還創造了新的紀錄。

這本《周有光百年口述》（以下簡稱《口述》），就是一項新的紀錄。

《口述》的基本內容，是根據周先生在 1996 至 1997 年間的口述錄音整理的，在 2014 年補充了一段「尾聲」。周先生口述時已 91 歲，但他所說的內容並不止這 91 年，也追溯他的家世和見聞。

本文曾以「一位智者口中的百年中國」為題，刊於《騰訊網・大家》2015 年 4 月 2 日。

而在補充「尾聲」時，周先生已是109歲，稱之為「百年口述」名符其實。

周先生的長壽、完成口述時的高齡、高齡時的記憶和思維能力世所罕見。這部回憶錄內容的豐富程度，在中外名人中是少有的。涉及的重大歷史事件，包括太平天國、五卅慘案、救國會、抗日戰爭、西遷大後方、民主運動、國共合作、太平洋戰爭、二戰勝利、戰後美國、思想改造、文字改革、漢語拼音方案的制訂、大躍進、人民公社、文化大革命、五七幹校、尼克遜訪華、唐山大地震、改革開放、早期國際交往、《中國大百科全書》的問世、國際標準化組織的活動等。涉及的地域有日本、美國、英國、法國、意大利、波蘭、蘇聯、緬甸、新加坡和中國從東北到西南、西北到東南與香港等。涉及的人物有呂鳳子、屠寄、劉天華、劉半農、孟憲承、陳訓恕、張壽鏞、胡適、沈從文、尚仲衣、陶行知、梁漱溟、聶紺弩、陳光甫、章乃器、趙君邁、吳大琨、沙千里、宋慶齡、胡子嬰、鄒韜奮、宋子文、張充和、盧作孚、翁文灝、何廉、梅蘭芳、吳蘊初、杜重遠、許滌新、陶大鏞、徐特立、黃炎培、常書鴻、向達、李方桂、趙元任、羅常培、老舍、楊剛、劉尊棋、劉良模、范旭東、馬凡陀（袁水拍）、潘漢年、村野辰雄、李榮、橋本萬太郎、倪海曙、葉籟士、馬寅初、葉聖陶、丁西林、胡愈之、陳毅、林漢達、姜椿芳、錢偉長、吉布尼、梅維恆、傅漢思、愛因斯坦等。

長壽的人未必經歷豐富，經歷豐富的人未必長壽，長壽而又經歷豐富的人未必願意並能夠記錄下來，周先生口述的價值不言而喻。

記錄歷史事件，發揮主導或決定性作用的人，處於重要或關鍵地位的人，親身經歷或掌握原始資料、證據的人，他們的作用是不可替代的。但他們往往有自己的政治立場、價值觀念、切身利益，或為了保守機密，或出於法律限制，往往不願或不能說實話，甚至自覺或不自覺地編造謊言，製造假象。局外人、無關者和普通人既無利害衝突也無顧慮，可惜他們了解的內容太少，一般不具備記錄的自覺和能力；如果不具有一定的判斷和正確立場，往往只留下片面的、甚至極端的印象，出於他們的回憶很可能以訛傳訛，南轅北轍。周先生的優勢正是介於兩者之間。除了漢語拼音方案的制訂和相關的文字改革工作，他都不屬於這些歷史事件的主角或主要人物，但他又一直以一位愛國者的忠誠、學者的睿智、知識分子的良心起着力所能及的作用，或者以銳利的目光、縝密的思維、細緻的分析、客觀的立場去觀察和記憶。因此，他的回憶兼有兩者之利，而能避免雙方之弊。

　　周先生對一些重大事件或人物的回憶，只是從自己的親身經歷或見聞出發，而不求全面完整，也沒有什麼個人追求，更不會製造什麼轟動效應。我親炙周先生的教益和見聞中，有些或許更重要的內容，或許更能顯示周先生本人的影響和作用的事，並沒有出現在他回憶中。就是他談及的部分，也只涉及主要方面。如在口述中他只談了一次與愛因斯坦的聊天，實際不止一次。他曾告訴我，那時愛因斯坦覺得無聊，很願意與人聊天，所以在首次見面後，他們又聊過幾次。周先生說：「因為是他無聊才找我去的，所以後面幾次談了什麼我早已忘了。」周先生絕不會因為愛因斯坦是世界名人，就會詳細講述無關緊要的內容。又如反右，是文革前中國政治

生活中一件大事，也是知識分子刻骨銘心的記憶，但周先生因從上海調入北京、從經濟學界轉入新成立的文字改革委員會，無驚無險，因此他的講述只用「不是一個重點單位，但是也必須按照比例劃百分之幾的右派，因此劃了幾個青年」一筆帶過。章乃器是他的老朋友，周先生說：「章乃器是抗日戰爭之前、抗日戰爭期間公認的上海左派。可是『反右』運動就定了他是右派。」在談到沙千里取代章乃器的糧食部長職務時，他提及當時一些附和反右運動的人說：章乃器是「七君子」之一，這是假君子；沙千里也是「七君子」之一，這是真君子。去掉一個假君子，來一個真君子，這就很好。就像一幅白描，淡淡幾筆再現了當時殘酷的現實。周先生去看望戴着右派帽子的章乃器，由於不知房號，在一幢八層公寓中一間間敲門，直到最高一層時才找到，「他開出門來，跟我都相互不認識了」。章的前妻胡子嬰，住在副部長級官員的大院裏，「非常關心章乃器的事情，我跟胡子嬰也經常來往」。但周先生看望章乃器後寫給她的信，她居然沒有收到。這些小事的背後，有多少值得後人想像或探究的殘酷史實！正規的中國反右運動史或章乃器、胡子嬰的傳記大概不會有這些內容，但卻是優秀的歷史學家和傳記作者所可望不可求的。再如，在文革後期和打倒「四人幫」後風傳一時的江青接受美國維特克（Roxane Witke）採訪和《紅都女王》(*Comrade Chiang Ch'ing*) 一事，既有正式紅頭文件的傳達，又有民間繪聲繪色的故事，還有香港出版的書。但周先生在訪美時從他的連襟傅漢思（Hans Frankel）處得知，維特克是他的學生、多倫克亞大學歷史學教授，是位嚴肅的學者。周先生與維特克見面，聽她講了採訪江青的情況，還看了維特克正式出版的《江青同志》，發

現除了引用江青的談話以外，這本書並沒有對中國不友好的內容，用事實澄清了這個曾經流傳海內外、轟動一時的傳聞。

周先生當時的口述並非為了出版，主要是為了讓後代和親屬們更多了解自己一生的經歷。因而有些我聽到過的人和事就沒有提到，如與周恩來等人的交往、參加接待達賴喇嘛、文革中的「反動言行」等，這是很可惜的，現在已無法請周先生自己補充了。

也正因為如此，除了附錄中的一篇短文和兩篇採訪稿外，周先生的口述主要是講他的經歷和涉及的人和事，而對自己的看法、建議、觀念、思想，並無專門的介紹或闡述。所以要了解周先生的學術貢獻和思想觀念，特別是他在 90 歲後不斷思考和探索的新思想、新成果，還是要讀他的相關論著。

在本書的〈尾聲〉中，周先生說：「我的口述史並非是一個完美、完整的作品。但我覺得出錯是正常的，批評可指出作品的錯誤，還可以增加作者與讀者的交流，我提倡『不怕錯主義』，反對的意見或可成為成功的基礎。所以我不僅不怕別人提出批評，相反更希望聽到不同意見。」

我有幸受教於周先生已經 33 年了，我深知周先生的態度是真誠的。直到前幾年趨謁時，他都會拿出打印好的新作或他感興趣的材料：「你看看是不是有道理。」「我能看到的材料太少，你大概已看過了。」儘管周先生是罕見的人瑞，但他絕不希望、我們也完全不應該將他當成神。周先生的期望是，他的口述「能讓更多人關心中國的前途和歷史，從中辨識出謬誤和光明」。坦率地提出不同意見，認真糾正一位百歲老人回憶中難免的錯漏，就是對周先生最誠摯的尊敬和最熱情的祝福。

懷念侯仁之先生

　　1978 年初夏，我收到了復旦大學歷史系歷史地理專業研究生的複試通知。本來我對考上研究生並沒有太多希望，只是捨不得放棄試一試的機會，這時就不得不認真對待了。加上當時規定參加複試的人可以享受十天複習假，我就天天到上海圖書館去看書。去那裏，我借到了侯仁之先生主編的《中國古代地理名著選讀》，也第一次將這個名字與歷史地理這門學科聯繫起來。其實我此前並不了解歷史地理是門什麼樣的學科，誤以為是既學歷史又學地理。

　　入學以後，我才開始了解歷史地理學，也逐漸知道了導師譚其驤先生以外的其他老師和前輩。我讀了侯先生新出版的《歷史地理學的理論和實踐》和《步芳集》，不僅加深了對學科理論的理解，更折服於侯先生的科學精神和實踐經驗，也為他優美的文筆所吸引。

　　1980 年，學校指定我擔任譚先生的助手，此後先生外出時我一直隨侍左右，因此有更多的機會見到侯先生，多次面承教誨。1981 年 5 月，我隨譚先生赴京出席中國科學院學部大會，在京西

本文原刊於《中國歷史地理論叢》2014 年第 1 期。並先後收錄於《我們應有的反思：葛劍雄編年自選集》（北京：中信出版社，2015）；《葛劍雄文集 6：史跡記踪》（廣州：廣東人民出版社，2015）。

賓館見到了來房間看望譚先生的侯先生。他和譚先生同時當選為中國科學院學部委員，同屬地學部成員。侯先生比我想像的更年輕，更有活力，其實他與譚先生只相差不足 10 個月。譚先生剛向侯先生介紹我，他就親熱地說：「我也是譚先生的學生，我們是同學。」譚先生忙說：「別開玩笑了，以後得多向侯先生請教，你問的那些國外歷史地理的問題只有侯先生懂。」

以後我在研究學科發展史和撰寫譚先生傳記的過程中，具體了解兩位老師早期的交往。他們雖是同年，但譚先生求學時間早，中間還跳了幾級，所以 1930 年不滿 20 歲時就入燕京大學當了顧頡剛先生的研究生，1932 年起就登上大學講台，先後在輔仁、北大、燕京三校當兼任講師；而侯先生入學晚，1932 年方進燕京大學讀本科，至 1936 年畢業後繼續讀研究生深造。侯先生選擇燕京就出於對顧頡剛先生學識的仰慕，研究生期間又當了顧先生的助教。顧先生讓侯先生選修譚先生的課，一方面固然是專業學習的需要，另一方面也是為了支持譚先生這位年輕講師。據在北京大學選過譚先生課的楊向奎先生告訴我，當時北大的制度是一門課必須至少有五位學生選，否則就不能開，所以顧先生就動員楊向奎先生等選這門課。

1934 年 2 月，譚其驤先生協助顧頡剛先生創辦《禹貢》半月刊，目的之一就是為他倆講授中國地理沿革史的三所大學 —— 北大、燕京和輔仁的學生有發表習作的園地。顧先生將〈漢書地理志中所釋之職方山川澤浸〉一題分給侯先生，促成他在《禹貢》發表了首篇學術文章。46 年後，侯先生還保持着清晰的記憶：「尤其使我驚異的是這篇文章的結論和結語，都經過了頡剛老師的修改、

補充和潤飾，竟使我難於辨認是我自己的寫作了。這件事大大激勵了我，我決心去鑽研古籍，就是從這時開始的。」1936 年，《禹貢》為編輯《後套水利調查專號》，組織了後套水利調查團赴內蒙調查，侯先生說：「有機會參加這一工作，又使我初步體會到野外考察的重要。」

1993 年秋，我為撰寫《譚其驤傳》收集資料，作實地考察，侯先生以 82 歲高齡堅持步行帶我去成府大街蔣家胡同，找到了 3 號顧頡剛故居，告訴我這就是當年《禹貢》半月刊的編輯部和禹貢學會籌備處。《悠悠長水 —— 譚其驤前傳》上用的插圖，就是我當時拍下的照片。侯先生又領我去燕南園拜訪周一良先生，在那裏又談了不少顧、譚兩位先生和燕京的舊事，他們還商量了《燕京學報》復刊事宜。

老師之間的深情厚誼使我們這些學生獲益非淺。上世紀 80 年代剛實施學位制時，首批歷史地理專業的博士生導師在全國屈指可數，侯先生屬地理學一級學科，史念海先生與譚先生屬歷史學一級學科，石泉先生也屬歷史學，但具體方向是荊楚歷史地理，其他大多還是碩士生導師。所以當時他們相互之間都要評審其他導師指導的學生，方能達到規定的評審數，也使我們的論文答辯委員會的陣容特別權威而豪華。1983 年 8 月，周振鶴與我作為全國首批文科博士生進行論文答辯，研究生院為我們聘請了侯先生與史念海、楊向奎、吳澤、楊寬、程應鏐、陳橋驛為答辯委員。就在前幾天，侯先生突然接到通知，萬里副總理代表中央赴陝西漢中視察水災，邀他隨行。為保證能參加我們的答辯會，侯先生不顧任務緊迫和旅途勞頓，由高松凡陪同直接從停在安康的專列來上海，使我們的答辯

會如期舉行。在招待宴請時譚先生問侯先生：「你本領真大，到哪裏都能對付。」侯先生說：「沒有辦法，接到任務就要出發，只能臨時找了幾本書，一路上都在看在查。」

1982 年初，中國地理學會歷史地理專業委員會決定 8 月份在上海召開首次國際中國歷史地理討論會，由復旦大學籌辦。這是歷史地理學界第一次舉辦國際會議，也是復旦大學當年為數不多的幾個國際會議之一。學校很重視，對會議籌備作了周到的安排，要我協助做好對外聯繫。經學會秘書長瞿寧淑女士與幾位前輩學者的介紹，很快確定了三位日本學者作為邀請對象。但由於歷史地理學界與歐美長期沒有交流，了解西方地理學界的人也很少，瞿寧淑與譚先生都認為只有請侯先生介紹。侯先生果然介紹了好幾位歐美學者，還詳細說明了各人的情況和聯繫辦法。那時還沒有互聯網，國際電話也無法打，或者根本不會打，唯一的辦法就是寫信郵寄，所以要是沒有侯先生提供的地址就毫無辦法。我不會擬邀請信，只能依照樣本寫了草稿，寄給侯先生改定，然後再如法炮製。雖然由於種種原因，歐美學者未能參加，但美國的哈瑞斯教授寄來了論文，使這次會議增加了國際因素。

侯先生是在燕京大學取得歷史學碩士學位並留校工作後，再去英國利物浦大學，由著名歷史地理學家達比教授（Henry Darby）指導，取得地理學博士學位的。在中國地理學界，有這樣完整的學歷，先後得到中西權威學者培養熏陶，侯先生是第一人，直到改革開放初期也僅他一人。那時一般的會議開得比較長，特別是學術性的工作會議，像學部委員大會、地學部會議、地理學會的會議、國務院學位委員會學科評議組，還有成立於 1982 年底的《國家歷史

地圖集》編委會等，譚先生與侯先生都會參加，因此我向侯先生問學求教的機會不少，使我對西方歷史地理研究的背景和現狀有了一定了解，對外交流學習有了明確的目標。1998年我獲得王寬誠基金的資助，選擇去劍橋大學地理系訪問，聯繫的指導教師艾倫·貝克教授（Alan Baker）就是達比的學生，與侯先生師出同門。

有一次侯先生告訴我，在美國一所大學，校長向他展示了裝在玻璃盒中的「中國文物」，原來是從北京城牆上拆下的城磚。他感慨地說：「有機會我要告訴北京市長，再不重視保護，後人只能到美國去看北京城了。」正是他從國外了解到聯合國教科文組織設立「世界文化、自然遺產名錄」的信息，引進「世界遺產」的概念，與其他幾位全國政協委員聯合提案，促使中國正式申報「世界文化、自然遺產」，發展成為今天的世遺大國。

《中國歷史地圖集》正式出版前，要將序言、編例等譯成英文，我介紹了研究生同學、復旦大學英語系的周敦仁。周先生的譯文準確典雅，但有幾處專門性強、含義微妙之處我沒有把握，譚先生囑我向侯先生和夏鼐先生求教。他們都作了仔細推敲，對個別詞他們一致認為，英語中找不到最確切的對應詞，只能不得已而求其次。

大約在90年代後期一個冬天的下午，我去燕南園侯先生家中謁見，主要是彙報《國家歷史地圖集》的進展與其中城市圖組的情況。那天侯先生談興頗濃，在我彙報完後談及往事。他告訴我，他是燕京大學校務委員會中唯一還在世的，因為當時他最年輕。燕京校友強烈要求辦成三件事，他有責任辦成這三件事。但現在只有《燕京學報》勉強復刊，而燕京大學恢復無望，司徒老校長的骨

灰不能回到未名湖畔。他嘆了口氣，説：「在我這一輩子是辦不成了，對不起司徒老校長。」我告辭時，他堅持要送我出門。地上還有殘雪，我力勸他留步，他説我也要散散步，我只能請他小心。折過一段短牆，他告訴我這就是馮友蘭家三松堂。又走了一段，我建議送他回家。他説不必，我只得佇立目送。

　　這是我最後一次見到侯先生。而今人天永隔，但那天的情景如在眼前。

記憶中的筱蘇（史念海）先生

我第一次看到筱蘇（史念海）老師的名字，是在 1978 年初夏。我因年齡超過 31 足歲，在 1977 年恢復高考時無法報名。到 1978 年研究生公開招生時年齡放寬至 40 足歲，又沒有學歷要求，就抓住這最後機會。當時只是為了圓此生「考大學」的夢想，並未寄多大希望。初試結果我獲得複試資格，按規定可以享受十天複習假，這才臨時抱佛腳，一本正經地複習了。知道複試時要考專業了，但家中和供職的中學根本沒有歷史地理方面的書，只能去上海圖書館。到了參考閱覽室，才發現其他考生早已捷足先登，周圍坐的幾乎都在準備複試。那天我到得早，居然順利地借到了《中國古代地理名著選讀》。正看著，一位讀者過來問：「你是報復旦大學歷史地理專業的吧？」因為此專業在上海只此一家，他一猜即中。原來他就是報考復旦歷史系的顧曉鳴，經他介紹，認識了同時在複習的、以後成為同門的顧承甫等人。原來他們是因為借不到這本專業性很強的書，肯定室內已有同專業的考生，才找到我的。在他們的桌上，我看到了史先生所著《河山集》和侯仁之先生所著《步芳集》。

———
本文原刊於《中國歷史地理論叢》2012 年第 4 期。並收錄於《葛劍雄文集 6：史跡記踪》（廣州：廣東人民出版社，2015）。

在以後幾天裏，我第一次讀《河山集》，儘管我那時毫無歷史地理專業基礎，更不懂他所論述的具體內容，但讀來覺得明白易懂，引人入勝。其中的〈釋《史記‧貨殖列傳》所説的「陶為天下之中」兼論戰國時代的經濟都會〉一文的內容我以前並不了解，但讀後留下深刻的印象，在以後撰寫《西漢人口地理》時還在運用於論述關東的經濟地理基礎。對三國和諸葛亮的歷史我是比較了解的，有關史料大多看過，史先生的〈論諸葛亮的攻守策略〉卻使我耳目一新，因為此前我從來沒有想到過還能這樣考慮問題。

成為復旦大學歷史系的研究生後，我開始在先師季龍（譚其驤）先生的指導下，比較系統地學習已有的研究成果，史先生的《河山集》和其他論著自然在必讀之列。但直到 1981 年 10 月我作為譚先生的助手隨同他去陝西師大開會，才有機會瞻仰史先生的風采，接受他的教誨。10 月 17 日清早，譚先生與我在上海登機，經停南京、鄭州，下午 1 時半才到達西安機場。那時沒有手機，連打電話都不方便，史先生早早就在機場等候。在出口處，我第一次見到史先生。儘管已年近七旬，身材魁梧的他精神矍鑠，熱情地向譚先生問候，扶持上車。到了學校專家樓，史先生詳細詢問助手和接待人員，知道全部安排妥當了才放心。

這次會議安排了考察壺口瀑布。10 月 21 日一早不到 8 點就出發了，一行四十餘人坐一輛大客車，中午就以麵包充飢，翻山越嶺經過黃龍山脈，晚上 7 點半才到達宜川。第二天 5 點半就出發，在孟門山下的公路橋步行至對岸的山西吉縣，又返回北行，近距離觀賞瀑布。陳橋驛先生在現場講解，將《水經注》中的記載與現場一一對照，説明自 6 世紀來地貌的變化。下午從宜川返回，途經白

水縣晚餐。由於路程長，路況差，直到午夜 1 時才回到專家樓。史先生全程同行，還要兼顧安排，比大家更勞累，但第二天早上又出現在專家樓。譚先生對他說：「你膽子真大，帶着我們這批老頭走那麼一次。」史先生笑着說：「這條路我走了不止一次，沒有問題的。」原來在文革後期，陝西省軍區為了落實戰備，請史先生為他們研究歷史軍事地理，專門調撥一輛吉普車給他用，史先生如虎添翼，走遍了黃土高原各地，為《河山集》開了新篇。

1986 年秋，譚先生應河南安陽市之邀參加七大古都的論證會。安陽應列為七大古都之一的觀點是譚先生提出來的，得到了由史先生發起成立並擔任會長的中國古都學會的響應和肯定。會議期間考察安陽、內黃、湯陰等地，譚先生和史先生全程參加。當時一些考察點尚未通汽車，離公路有一段距離，有時還是走山路，史先生健步如飛，毫無倦容。去內黃時一路黃沙滾滾，從停車處進寺廟時就像走在沙漠中，步履維艱。看史先生踩着穩健的步伐，我仿佛看到了《河山集》中他考察過的路程在不斷延伸。

第一次見到史先生時，他就對我說：「我也是譚先生的學生。」關於這段歷史，在我為譚先生起草自傳稿時已經聽譚先生說過了。其實史先生只比譚先生小一歲，出生於 1912 年。不過因為譚先生上學早，中間又跳了幾級，所以到 1933 年，譚先生已畢業於燕京大學研究院，並在輔仁大學兼中國沿革史的課了；而史先生上學較晚，還是輔仁大學的學生，選修了這門課。此後，史先生就與譚先生成了禹貢學會的同人，並且是學會的駐會委員、顧頡剛先生的學生，與譚先生師出同門。中國地理學會設立歷史地理專業委員會後，他與譚先生同為副主任。他還擔任過陝西師範大學副校長、省

民主黨派負責人。但他對譚先生一直執弟子禮，往覆信函中都是如此，前輩的謙恭風範令人感動。

但在學術討論中，他們卻總是當仁不讓，毫不含糊。上世紀70年代末，譚先生研究西漢以前的黃河下游河道，意外地發現了一條《山經》中記載的下游河道，並對西漢前的黃河下游河道作出了多次改道的新說，撰寫了二篇論文，其中涉及史先生以往論著中的觀點。譚先生將文稿寄給史先生提出商榷，史先生仍堅持己見，覆長函辯論。譚先生進一步查找文獻，仍不同意史先生的觀點，又逐點討論，並最終寫入論文公開發表。有一次他們對本地學者王重九的一篇論文產生分歧，譚先生認為王文不失為一家之言，可以在《歷史地理》上發表；史先生覺得王文學術水平差，觀點牽強，不值得發表。他們之間不僅書信往覆，還當面發生爭執。我見他們言辭頗激烈，又不便插話，只能避之室外。但等我返回時，他們已恢復平靜，繼續談其他學術問題。他們之間的友誼和合作並未受到學術觀點不同的影響，當史先生的歷史軍事地理論文結集出版時（即《河山集》四集），譚先生熱情地撰寫序言，給予高度評價。而當譚先生主編《國家歷史地圖集》時，史先生欣然出任編委，擔任農業圖組主編。

真正的學者
——悼石泉先生

2005 年 3 月初在武漢大學作學術講座時，得知石泉先生病情加重。當時我的日程很緊，在武大只停留半天，也怕干擾他正常的治療和休息，只能遙祝他能安度難關。豈料到五一長假期間就聽到石泉先生離去的消息，深以未能見到他最後一面為憾。

石先生對我雖無師承關係，但我一直視為老師。這不僅是因為他長我二十多歲，是歷史地理學界的老前輩，而且是因為在我的心目中，他是一位真正的學者。

石先生以治荊楚地理知名，但曲高和寡，贊成他的具體結論的人不多。由於石先生的論證結果，是從根本上改變了原定的、並為絕大多數人所接受的地名體系，所以旁人無法在兩者間調和或兼顧，只能作非此即彼的選擇。1989 年 8 月，石先生將他的論文集《古代荊楚地理新探》賜我，我認真地讀了他長達 56 頁的〈自序〉，他數十年來孜孜不倦的探索過程和嚴謹的治學方法使我深受感動。但在讀了幾篇論文後，對他的立論仍未理解。後來見到石先生時，

本文先後收錄於《石泉先生九十誕辰紀念文集》（武漢：湖北人民出版社 ，2007）；《葛劍雄文集 6：史跡記踪》（廣州：廣東人民出版社，2015）。

他問我對他的書有何看法。面對這樣一位真誠的長者，我不敢隱瞞自己的觀點，只能回答說，我還沒有看懂。他淡然一笑：「我知道，連我的學生也不同意我的觀點。」石先生繼續堅持他的探索，這也沒有影響他對我的厚愛。幾年前，我到武漢大學作講座，將開始時石先生出現在座位上。這給了我意外的驚喜，也使我深感不安，因為我知道他一般已不參加這類活動，而且我講的內容完全不值得他親自來聽。

先生給我的印象一直是平和淡泊，與世無爭。但他對學術的不正之風卻深惡痛絕。1982 年春，以某人自吹自擂為依據的一篇報道在國內主要媒體上發表，8 月初他來上海開會時，就要我轉告先師譚其驤先生，建議對此人的行為應予揭露批評。他告訴我，報道中提到的那次楚史討論會他正好在場，到會的美國學者並沒有對此人作什麼讚揚。此後的一次會議期間，他對某位學者近年的學風也作了尖銳的批評，他說：「某某是應該給你們年輕人作出樣子的，怎麼能這樣不負責任？他現在寫的東西太隨意，重複也太多。」

先生長期擔任民進湖北省負責人和湖北省政協副主席，完全可以享受副省級待遇，但他在參加學術活動時，始終只願接受普通學者的身份。有一次他到上海來開會，由於旅客多，站台上太擠，他在學生們的幫助下才從窗口登車。在學術會議期間，他從不接受高於其他教授的照顧，也不願在主席台就坐，對先師和侯仁之、史念海等先生十分尊重，遇同輩人也總是謙讓在後。有一次聽中國社科院近代史研究所的張遵驥先生閒談，才知道石先生是他表弟，原名劉實，1949 年前曾為革命作過貢獻。但從未聽石先生談及，連他的學生也不知道。

古人所謂「立功，立言，立德」，石先生可以當之無愧。武漢大學在人文社會科學學科首批評選資深教授，石先生名列其中，實至名歸。無論石先生的學術觀點和研究結論今後是否能為學術界所接受，他對歷史地理學的貢獻和對荊楚歷史地理的開創之功永不可沒。作為一位真正的學者，他銘記在我們後學的心中。

稽山仰止　越水長流
——懷念陳橋驛先生

　　陳橋驛先生著作等身，馳譽中外，以 92 歲高齡辭世，稱得上功德圓滿。但我在網上見到這幾個字時，還是感到非常突然，因為本來以為陳先生會像侯仁之先生一樣壽享百齡；也不勝悲痛，因為我對陳先生不僅屬私淑弟子。我雖出生於浙江吳興縣南潯鎮（今屬湖州市南潯區），祖籍卻是紹興，父親是從紹興遷出的。陳先生是紹興鄉賢、當代紹興學術泰斗、紹興文化的傑出代表，聽到他濃重的紹興口音，就像聽到父輩間的言談那樣，特別親切。師友間還說過這樣的笑話：陳先生講英語也是紹興口音。陳先生更是紹興百科全書，我以往從父輩那裏獲得的對故鄉一知半解的內容，只要向陳先生請教，就能得到完整的答案。聽陳先生用紹興話娓娓道來，就是一堂生動的鄉土歷史地理課。近年來，有幾次謁見陳先生的機會，特別是慶賀他 90 大壽那次，可惜我正好出國開會。2014 年兩次去杭州，一則來去匆匆，找不到謁見先生的合適時段；一則怕意外的拜訪會影響老人正常的作息。最後兩次見到陳先生的情景記憶

本文原刊於《中國歷史地理論叢》2015 年第 2 期。

猶新：一次是在蕭山一個小型研討會，會議主持人請陳先生發言，本來只是希望他禮節性的講幾句，大概因為陳先生在前面的發言中發現了批評對象，一開口就提高了聲音，越說越激動，一發而不可收。另一次是在紹興文理學院召開的學術研討會，開幕式在大禮堂舉行，陳先生坐在主席台上，我也坐在他旁邊。各方代表登台致辭如儀，一般都只有短短幾分鐘。豈料一位地方旅遊局的官員照本宣讀，十分鐘過了還沒有完。陳先生忍不住了，在座位上大聲說：「好了好了，不要再浪費時間了。」因為會場大，他前面沒有話筒，大家沒有聽見，那人照講不誤。我剛想勸陳先生忍耐，他突然站起來，走到那人面前，用他的紹興英語大呼："You wasted our time."此人大概不懂英語，更聽不懂紹興英語，一臉茫然，不知所措。我趕快走過去，一面勸陳先生息怒回座，一面對那人說你的發言時間到了，還是別講了吧。我很擔心，如果見到陳先生時不小心提及某人某事，會引起他的激動，豈料就此永遠失去了機會。

第一次見到陳先生的名字是在讀研究生時，我在教師閱覽室找參考書，發現一本小冊子署著這個熟悉而又陌生的名字 —— 我從小就看過趙匡胤在陳橋驛黃袍加體的故事，但見到這是一本書的作者還是第一次。再一找，發現他的書很多，覆蓋面很廣，留下深刻印象。不久在謁見季龍（譚其驤）先師時，就問起陳先生。先師告訴我陳先生是杭州大學地理系的副教授（不久就晉升為教授），「他能幹得很，下次開會你就可以見到他了」。先師又說：「陳先生真是自學成才的，你得好好向他學。」

入學不久，譚師給我們上課。在介紹學術動態和學術成果時，他特別以陳先生對寧紹平原的研究為例，證明歷史文獻與實地考察

相結合就能填補空白，取得重要成果。以後我還聽到過譚師對這項成果多次讚揚。

記不得在什麼時候、哪裏第一次見到陳先生。因為從 1980 年學校指派我擔任譚師的助手後，他外出開會、講學、參加答辯、考察等我都隨侍左右，而這些活動中經常能見到陳先生。與陳先生熟悉後，我就直接寫信、打電話，或去他房間求教，正事問完後還天南海北聊一回。陳先生也不以為忤，只要接着沒有其他安排，總是樂意談下去。當然，談得最多的還是與紹興有關。陳先生博聞強識，往往兼及一些前輩和學界的美談逸事。

印象最深的一次是 1986 年秋，陳先生邀譚師去杭州參加浙江省地名辦與《浙江省地名大辭典》編委會的一次會議，同去的還有鄒逸麟先生。譚師在大會作了學術報告，參觀了新整治的一段運河，陳先生從接站起就全程陪同，會後又一起去紹興，陪譚師參觀了青藤書屋、沈園、蘭亭、東湖。譚師病後不良於行，陳先生不僅再三關照我小心，關鍵時候往往親自扶持。其間我又聽到很多故鄉的掌故風物，鄉賢佚聞，受益匪淺。

期間陳先生在家中招待譚師，當時陳先生住在杭大宿舍，是底層一套不大的居室，但顯得雅致溫馨，前門台階前栽着菊花。客廳兼書屋中的書架不大，書也不多，還不如我的書多，這使我頗感意外，以後與陳先生熟悉了才知道原因。陳師母親自下廚，餐桌上有時鮮螃蟹，還有美味菜餚。看得出，陳師母不僅將陳先生照顧得無微不至，也把一切家務安排妥貼。我們得知，陳師母還是陳先生的日語翻譯和秘書。返回的路上，譚師不勝感慨：「橋驛真是好福

氣。」我自然明白，與譚師不愉快的家庭生活相比，陳先生夫婦真是神仙伴侶。

80 年代初百廢待興，也青黃不接，歷史地理學界還靠譚師（1911 年出生）、侯仁之先生（1911 年）、史念海先生（1912 年）三位元老掌舵，而出生於 1935 年前後的一代都還是講師，副教授也是鳳毛麟角；介於其間且年富力強的陳先生（1923 年）經常起着獨特的作用。無論是歷史地理專業委員會恢復活動、《歷史自然地理》的編撰、《歷史地理》的創刊，還是第一次國際會議的召開，陳先生不僅大多參與，還起着協調、應急的作用。經常聽到譚師與中國地理學會秘書長瞿寧淑在商議中説：「把橋驛找來」、「這件事得找橋驛辦」。1982 年，歷史地理專業委員會委託復旦大學舉辦第一次國際中國歷史地理討論會，我受命協助譚師聯繫邀請和接待國外學者。那時我從來沒有與國外學者有過直接聯繫，基本不了解國際學術界的情況，更沒有出過國，對歐美學者的聯繫主要根據侯仁之先生提供的信息，而對日本學者的聯繫就靠陳先生的幫助。陳先生得風氣之先，已經與國外學者有了頻繁交往，不僅情況熟悉，而且有良好的人際關係。在陳先生的幫助下，邀請的三位日本學者海野一隆、斯波義信、秋山元秀都是日本歷史地理和地理學界老中青三代一時之選，全部順利到會。要不，這次國際會議就名不符實了。當時歷史地理學界的幾個合作項目，到了收尾階段，往往都會請陳先生出場。

歷史地理學的發展過程中，經常會出現一些新的分支、新的成果，往往得不到及時的評價和肯定。陳先生既有廣博的知識和卓

越的見解，又有促進學科發展、獎掖後進的熱忱，總是及時大力支持。《中國歷史地圖集》公開出版後，主管部門希望組織撰寫高水平的評論，商定請蔡美彪先生與陳先生等人。儘管陳先生正忙於為他的《水經注》研究成果定稿，但他很快寫出洋洋萬言書評，譚先生說：「陳先生出手真快，我要能這樣，你們就不必老是催我了。」我選擇的研究方向歷史人口地理、人口史、移民史並非陳先生以往的專長，但我的碩士論文、博士論文、《中國移民史》、《中國人口史》，都曾請陳先生評閱、參加答辯、撰寫推薦書或書評。當時規定博士生答辯必須有外地導師參加，但經費緊缺、酬金微薄，很難辦到。記得有一年四川大學的繆鉞先生已經請了譚師去成都參加答辯，突然機票漲價，我估計譚師和我兩人的往返旅費已超出對方的預算，建議譚師主動辭謝，果然使對方單位如釋重負。上海杭州之間旅費省，陳先生對食宿條件從無額外要求，回應又快，成了我們所外請答辯導師的首選，而他幾乎有求必應。實在安排不了，也會寄來詳細的評閱意見。記得早期一次博士論文答辯，到了多位國內權威、資深教授，參加答辯的楊寬教授來得遲了些，坐定後卻馬上與譚師談某出版社的出版物引用《中國歷史地圖集》未注明出處的事。譚師聽力不佳，楊寬的聲音不斷提高，其間還離座與其他人說，主持答辯的某老怒形於色，以致散會時見到歷史系領導時手也不願握。陳先生盡力排解，終於使招待晚宴順利舉辦，賓主盡歡而散。

80 年代以降，陳先生的論著大量發表，尤其是他研究《水經注》和酈道元的著作，一本接着一本，甚至兩本同時問世。學界歎為觀止，稱為「酈學」大家，卻未必知道這些成果的來歷和背後的艱辛。陳先生雖有家學淵源，但畢竟是自學成才，靠的是艱巨的努

力和刻苦鑽研，特別是在逆境中的堅持。文化大革命中，陳先生受到殘酷迫害。杭州大學的造反派首創「活人展覽」，將「牛鬼蛇神」和抄家物資佈置成一個個場景，供「革命群眾」參觀批判，極盡侮辱。陳先生和地理系另一位教授就是被選中的對象。那位教授被誣為「漏劃地主」，逼他戴上瓜皮帽，穿上長衫，手捧「變天賬」；而陳先生被批為「封資修的孝子賢孫」、「白專道路的典型」，將他圍在從他家抄來的古籍舊書和他的筆記、卡片之間，顯示他「頑固走白專道路」的罪狀。陳先生告訴我：「那倒好，我整天坐在那裏，安安心心讀古書，作筆記。」「倒霉的是那位地主，把紅衛兵、造反派和看熱鬧的人都引過去了，我倒清靜了。」以後造反派轉入「奪權」鬥爭，對他們這些「死老虎」、「小爬蟲」已沒有興趣，陳先生馬上重操舊業，繼續他的《水經注》研究，將相關資料收羅殆盡，分門別類，形成系統。至此，我才明白為什麼陳先生的書房裏不必再放那麼多的書，為什麼他的廣博知識和過人見解看似信手拈來，為什麼他的書能一本接着一本出版，幾乎能覆蓋《水經注》和酈道元的全部研究領域。

其實陳先生的晚年同樣遭遇不幸，他女兒家的一次火災使他寄放在那裏的家傳文物和重要文稿化為灰燼，損失無可挽回。陳師母患了阿爾茨海默症。在紹興市大禹陵祭典的晚宴上我最後一次見到她時，已經不認識我了，沒有隨陳先生坐在主桌，而是由兩位女士陪着坐在後面，表情漠然。後來陳先生告訴我，他將臨時住到某縣去，因為在杭州和紹興陳師母都走失過，住在小地方會方便些。他自己也受到病痛折磨。但他依然不時發表真知灼見，依然疾惡如仇，依然那樣樂觀幽默，甚至顯出童真。

陳先生健在時，紹興市已經為他建立了陳列館，這是家鄉給予他的莫大榮譽，也是對他為紹興所作貢獻的應有回報。稽山仰止，越水長流，陳橋驛先生在故鄉永生，在歷史地理學界永存，與祖國的河山和歷史同在。

用地圖繪就中國歷史
——關於《中華人民共和國國家歷史地圖集》

　　自從芬蘭於 1898 年出版了世界上首部《國家地圖集》以來，全世界已有約 80 個國家編纂出版了自己的《國家地圖集》。

　　《國家地圖集》是系統反映一個國家的自然、經濟、人口、歷史和文化全貌的綜合性地圖集，可以為經濟建設、科學研究和文化教育提供全面系統的參考圖件，因此也是衡量一個國家科學技術水平的標誌之一。正因為如此，發達國家一般早已出版了《國家地圖集》，並且會定期或不定期的修訂。

　　上世紀 50 年代，建國伊始，百廢待興，《國家地圖集》的編纂就被提上議事日程，並且於 1956 年正式列入「國家十二年科學技術發展規劃」，確定按普通、自然、農業、歷史四個專題分卷出版。儘管受到 60 年代初國民經濟困難的影響，率先編纂完成的《國家自然地圖集》還是在 1965 年正式出版，到文化大革命期間編纂工作才全部停頓。1981 年，經多位全國政協委員聯名提案，國家決定恢復國家地圖集的編纂，並根據實際情況和需要，增加了經

本文原刊於《光明日報》2015 年 2 月 24 日。

濟專題。到上世紀末，普通、自然（經修訂）、經濟、農業四個專題地圖集先後完成編纂和出版。

1982年12月《國家歷史地圖集》編纂委員會在北京成立，由中國社會科學院副院長、著名法學家張友漁任主任，由中國科學院學部委員（院士）、復旦大學中國歷史地理研究所所長、著名歷史地理學家譚其驤任副主任兼總編纂。副主任還包括中國社科院考古研究所所長夏鼐，中國科學院學部委員、北京大學地理系主任侯仁之，陝西師範大學副校長史念海，中國社科院民族研究所所長翁獨健。編委中有中國社科院歷史研究所所長林甘泉、近代史研究所所長余繩武、宗教研究所所長任繼愈、科研局學術秘書高德研究員、中國科學院地理研究所黃盛璋研究員、國家藏學中心鄧銳齡研究員、杭州大學陳橋驛教授、復旦大學鄒逸麟教授等，幾乎囊括了歷史地理學界和相關學科研究機構負責人和學術權威。數百位專家學者承擔了編纂工作，或參與協作。1983年8月在浙江莫干山召開第一次編務工作會議，確定了編纂條例，任命了各圖組負責人，討論了部分樣圖，編纂工作全面啟動。到90年代初，進度快的圖組已基本完成初稿，但有的圖組因前期成果有限，或工作量太大、人員不足，計劃一再推遲。1991年10月，總編纂譚其驤先生突發腦溢血，喪失工作能力，延至1992年8月去世。編委會決定不再設立總編纂，由林甘泉、高德、鄒逸麟組成助理小組，代理總編纂工作。張友漁去世後，由中國社科院副院長王忍之繼任組委會主任，其間一度由中國社科院副院長汝信署理。

2013年，《中華人民共和國國家歷史地圖集》第一冊終於由中國地圖出版社和中國社會科學出版社出版，第二、三兩冊的編稿和

設計也基本完成，只待清繪製印。但半數以上的編委已經去世，其中包括碩果僅存的編委副主任、享年 102 歲的侯仁之院士，在世的編委最年長的 92 歲，三人助理小組平均年齡超過 80 歲，最年輕的我也已 69 歲。

這項工作之所以要花費那麼長的時間，主要是因為它的艱難程度和巨大的工作量。不少人以為既然已經有了《中國歷史地圖集》，再編《國家歷史地圖集》就會輕車熟路，這是由於不了解兩者的差別。實際上，《中國歷史地圖集》是以疆域、政區為主的「普通地圖集」；而《國家地圖集》是真正意義上的綜合性歷史地圖集，包括遠古遺址、夏商周、疆域、政區、民族、人口、文化、宗教、農牧、工礦、近代工業、城市、都市分佈、港口、交通、戰爭、地貌、沙漠、植被、動物、氣候、災害等 20 個圖組，1,300 多幅地圖和相應的表格、說明等。顯然，這絕不是數量的擴大或重複，而是研究領域的拓展和質量的提高。

除疆域、政區等少數圖組有較成熟的研究基礎或資料相對集中外，其他大多數圖組都缺乏前期研究成果，往往只能從頭開始。與編繪現當代地圖不同的是，前者一般都有現成的數據和資料可以利用，即使發現缺漏錯訛也能通過實地測量、考察或搜集資料加以彌補校正；後者卻只能從浩如煙海的史料中尋找證據。即使有幸找到遺址、遺蹟或遺痕，也得進行艱巨的復原和重建，方能在地圖上得到正確的顯示。寫論著可以用比較模糊的描述，但編入歷史地圖的每個地理要素都必須確定其時間、空間和數量（或）等級的範圍。例如要畫一幅當代的植被分佈圖可以利用衛星遙感照片、航拍照片、實測結果、調查資料，必要時還可臨時補充或核對；而要畫出

不同歷史時期的植被分佈地圖，就只能依靠分散的原始資料和有限的研究成果。中國科學院地理研究所已故研究員文煥然，從上世紀50年代初就開始研究珍稀動物的分佈，在史料中大海撈針似的收集資料。但直到他去世，有些種類還無法成圖。例如，史料稱「古時」、「南方」或「楚地」有某種動物，在地圖上如何表示？畫在哪個時代，標注在什麼空間範圍？我國古代的農業史料堪稱豐富，農史研究成果也不少，但要據以編纂歷史地圖卻遠遠不夠。為此負責農業圖組的史念海先生從培養人才着手，招收了一批博士生，每人做一個歷史時期的農業地理，完成了一批斷代農業地理研究成果。為了保證質量，直到年近九旬，史先生都堅持親自編圖。

由於基礎研究不受重視，「大幹快上」，急於求成，政策導向不利，這類長期集體項目一度陷於困境。不少學科分支或備受文革摧殘，人才青黃不接，或剛剛建立，中青年骨幹急需提升職稱、競爭基金和獎項、爭取學術地位，對這類二三十年不出成果、個人作用難以區分的項目自然無法全力以赴。致命的打擊則來自經費短缺。實際上，絕大多數圖幅已由我（編輯室主任）與圖組組長一一審定簽發，第一、二冊圖集已經編定時，設計製印的經費卻已山窮水盡。忽有某文化企業家願意贊助，條件之一是要交他的企業出版，國家出版總署破格批准。但不久該人出走境外，經費完全斷絕。後由鄒逸麟等全國政協委員提案，全體編委聯名上書國家領導人，後期工作方得以繼續。

中國歷史悠久，史料豐富，延續時間長，覆蓋範圍廣，歷史地理研究具有獨特優勢，已有成果涉及自然、人文各主要分支，這是其他國家所無法具備的。如歐洲、北美的歷史地圖最多編至二三百

年前，且只能以人文地理為主，而中國可編至二三千年前，且包括自然地理。再如氣候變遷地圖能顯示長時段的變化，而器測數據和現代觀測紀錄不足 200 年，較完整的記錄只限於很少地點。毫無疑問，《中華人民共和國國家歷史地圖集》在世界上擁有領先地位，有望對人類作出獨特貢獻。

藏書的歸宿（一）

最近看到某君的大作，談自己與他人藏書的歸宿，透露出種種無奈和尷尬，頗有同感，也有個人的回憶和感受。

我第一次近距離了解名人學者的藏書在其身後的歸宿，是1981年5月隨先師季龍（譚其驤）先生在北京香山別墅出席中國民族史學術討論會期間。5月28日上午，譚先生在會場開會，工作人員說有客來訪。我陪先生回到房間，顧頡剛夫人與顧先生生前助手王煦華先生已在等候。顧師母路遠迢迢，換幾班車趕到香山，主要是為了請譚先生向社科院領導陳情。顧先生的藏書數量多、內容龐雜，其中不乏精品珍品，但也有不少是圖書館的複本，沒有收藏和保存價值。顧先生逝世後，家人決定將全部藏書捐給中國社會科學院，但希望能獲得一定數額的獎金。社科院方面對捐贈一直持積極態度，但內部有不同意見，有人認為其中好書不多，不值得發多少獎金；顧先生生前所在的歷史研究所有人認為，這些書太雜，相當一部分不適合由歷史所收藏，應該由院裏處理；還有的領導認為社科院大學者、名人捐贈藏書的不少，獎金發多少要注意平衡。

本文曾以《大師的藏書怎麼到了美國圖書館》為題，發表於《騰訊網·大家》2016年5月16日。

因此，社科院方面非正式透露的獎金數額與顧師母的期望差距很大，並遲遲未作正式答覆，顧師母很焦急。談了一回，翁獨健先生聞訊而來。翁先生當時是社科院民族研究所所長，他與譚先生都曾經是顧先生在燕京大學的學生，深知顧先生的學術地位和影響。在談及有人提出「平衡」的主張，翁先生說：「顧先生的貢獻、顧先生的書不是多少錢能衡量的，也不是什麼人可以比的。」最後，譚先生和翁先生讓顧師母寬心，他們一定會盡力向社科院領導進言，爭取獎金數額有較大幅度的提高。

以後譚先生先後向社科院副院長梅益、歷史所負責人梁寒冰等談過，他們都贊成獎金應該多發點，但也說明處理此事的難處。最終社科院發的獎金是數萬元，這在當時已經是一個很大的數字，基本符合顧師母的期望，據說還是由主管社科院的中央領導胡喬木拍板的。

令人欣喜的是，不僅顧先生的藏書得到妥善保存，顧先生的遺著、遺文和個人資料也能及時出版。更令人欽佩的是，顧先生的後人繼承了顧先生的實事求是、尊重歷史、豁達大度的精神，將包括日記、書信在內的顧先生個人資料不加任何刪節，全部如實公佈。例如，顧先生日記中詳細記錄了他對譚慕愚（惕吾）女士單戀至老的細節，也有文革中家庭關係被扭曲、以至在家中被鬥被打的事實，還有對健在的名人的議論批評甚至詈罵的內容。

如今有些名人後人，對先人的藏書遺著視為奇貨，漫天要價；視先人為搖錢樹，千方百計挖掘利用其價值唯恐不足，但對其個人資料中任何被他們認為不利的內容隱諱、刪節、銷毀，不得已問世時也大開天窗，動輒興訟索賠。他們的先人地下有知，不知作何感

受。而顧先生的藏書和遺著遺物已經有了最好的歸宿，顧先生應能含笑於九泉了。

山東大學教授王仲犖先生去世後，王師母讓他兒子找我，為了籌集出國留學的費用，他們想將王先生藏書出讓給國外的機構，問我有什麼辦法。我告訴他，對文物級的書籍出口是有限制的，他說王先生的藏書中沒有什麼善本佳槧，只是收羅廣、保存全，如有整套的學術刊物，不屬文物。我與何炳棣先生聯繫，正好他從芝加哥大學退休後又受聘於加州大學鄂宛分校（UC Irvine），如能說服該校買下這批書，既能救王家之急，也為自己的研究提供了便利，因為該校圖書館原來沒有這方面的收藏。我提醒他，大批書籍的出口需要申報，沒有政府批文不行，他說自有辦法。王師母讓人帶信給我，事成後一定讓他兒子來重謝。我說不必，為老師盡點力是應該的。

過了一段時間，我見到何先生，他告訴我王先生的書已經在鄂宛分校圖書館上架了。我很驚奇，怎麼這樣快就辦成了，他不無得意地說：「我找國務院特批的。」還說他為王家要到了一個好價錢，對得起王先生了。過了很久，我與劉統談及此事，他曾是王先生學生，還當過他助手，與王師母很熟。下一次劉統見到王師母，就問她為什麼書賣了也不給我打個招呼。王師母大呼冤枉，說書根本沒有賣成，不信你可以到書房看，還打開櫥門：「你看，不都在嗎？」此事自然沒有深究的必要，王師母如何說有她自由。但王仲犖先生的藏書早已到了美國，即使不是全部，也必定是其中主要的，否則美國人何至於出好價錢？

也有人對此持批評態度，認為再需要錢也不該將書賣給外國人，我也不該促成其事，我不以為然。這些書既不是文物，也不涉及國家機密，那就是普通舊書。有國務院批文，屬合法出口。放在美國大學的圖書館裏，得到妥善保管，並滿足了何炳棣這樣的專家和專業師生的需要，可謂物盡其用，豈不比長期擱置着強？至於為什麼不賣在國內，那是因為當時大學、研究所、圖書館的經費太少，或者主管不重視圖書資料的收集，知識分子的收入太低，才不願買或買不起。要是放在今天，國內的收購價比國外高，或者早就有人上門求購，或者王家不賣書也有自費出國留學的能力，會出現這樣的結局嗎？

不過在當時，這件事還頗引人注目，儘管我從未宣揚，外界還是有不少人知道。稍後遇到中華書局的張忱石先生，得知武漢大學教授唐長孺先生生計窘迫，也打算將藏書出讓，問我能否通過何炳棣先生聯繫美國的機構。原來唐先生一向沒有積蓄，唐師母一直是家庭主婦，不享受勞保福利，患病後無法報銷醫藥護理費用，唐先生負擔不了，已影響生活，只能與吳于廑先生家合用一個保姆。唐先生在第一次定級時就是二級教授，屬高薪階層。但唐先生加入中共後刻苦改造，自律過嚴，認為不該拿這麼多薪水，借調中華書局整理二十四史期間每月都自願上交 100 至 150 元黨費。到了物價上漲，教授工資貶值，又遇特殊困難，就無可奈何。中華書局考慮到唐先生對整理二十四史和學術研究的特殊貢獻，曾想給予補助，唐先生卻堅決拒收。

唐先生是我尊敬的老師和鄉前輩，自隨侍先師後常有機會求教，又蒙他多次垂詢。我出生於浙江省吳興縣南潯鎮（今屬湖州市

南潯區），並在那裏度過童年。唐先生雖是江蘇吳江人，但南潯小蓮莊和嘉業堂藏書樓主人劉承幹是他舅父，年輕時常住南潯，曾在南潯中學執教歷史，我姨父是他學生。解放後唐先生為在政治上劃清界線，諱言與劉家的關係，也避談南潯。改革開放後思想解放，晚年的唐先生抑制不住對南潯的懷念，見到我時經常會談及，或問我南潯的情況：「土地堂前面還有什麼好玩的嗎？」「南潯還有桔紅糕、寸金糖嗎？」先師聽了笑道：「你以為他幾歲了，這些舊事他能知道嗎？」好在我還聽老人說過，勉強能答上幾句，多少解些唐先生的鄉愁。有幾次在京西賓館開會，那時的會議開得長，十天半月都有。京西賓館的房間裏還沒有彩電，只在長走廊兩頭各放一台。唐先生視力差，閱讀不便，晚上常見他坐在電視機前，與其說看，不如說聽着京劇，還合着節拍輕吟淺唱，怡然自得。

那一階段不時能聽到老教授在經濟上、生活上的、工作上遭遇的困難，先師也在所難免，有的事我已寫進了他的傳記《悠悠長水》。但得知唐先生的困境，我特別感慨，當年唐先生如此克己奉公，連個人辛勤工作應得的工資也要上交，如今遇到困難，「組織」卻坐視不救，或者徒喚奈何。儘管以這樣的理由向外人求助實在有損國家體面，我也知道上次何炳棣先生促成王先生的藏書成交有偶然因素，但還是不得不求助於何先生。幸而突現轉機，中華書局以預支唐先生一部舊稿稿費的名義給唐先生寄去一筆錢，而唐師母醫治無效離世，唐先生不必賣書救急了。他在給中華書局感謝信中稱自己「如貧兒驟富」，令人不勝唏噓。

藏書的歸宿（二）

　　文人學者的藏書來之不易。季龍先師（譚其驤）的看法，一是要有錢，一是要有閒，還得有房。

　　抗戰前在北平，他不過是以課時計酬的講師，已經有三家書鋪送書上門，需要的留下，每年到三節時結賬，不需要的到時還可退回。那時一節課的酬金 5 元，千字稿酬也是 5 元，老闆不擔心你付不起書款。到了 1948 年，他在浙江大學和暨南大學同時擔任「專任教授」（專任教授薪水高，但一人不能在兩校當專任，在暨南只能用譚季龍的名字），兩份教授全薪只能供一家六人糊口，哪裏還有錢買書？上世紀 50 年代初蘇州古舊書源豐富，價格便宜，顧頡剛先生經常帶章丹楓（章巽）先生去蘇州淘書，章先生大有收穫。先師也想去，卻經常忙於教務與研究，以後承擔《中國歷史地圖集》的編纂，更沒有屬於自己支配的時間了。

　　抗戰前先師已經積累了一批藏書，成家後租了一處大房子，完全放得下。1940 年去貴州應浙江大學之聘時，留在北平的家改租小房間，只能將大部分書寄放在親戚許寶騤家中，解放初才取回。1950 年到復旦大學後，藏書又不斷增加。儘管 1956 年分到了最高

本文曾以《大師離去後，他們的藏書去了哪兒》為題，發表於《騰訊網・大家》2016 年 5 月 26 日。

規格的教授宿舍，有四大一小五間房間和獨用的廚房、衛生間，還是趕不上藏書增加的速度。文革期間住房被緊縮，1979 年我第一次走進他的會客室兼書房，只見書架上、寫字台上、沙發旁和茶几上到處是書，稍有空隙處都塞滿了雜誌，有時要找一本書還得到臥室去找。1980 年上海市政府落實知識分子政策，先師遷至淮海中路一套新建公寓，三間住房合計 59 平方米，住着一家三代、一位親戚和保姆共七口。他將最大的一間用書櫥一分為二，裏面約 10 平方米作他的書房兼臥室，外面的 14 平方米作會客室並放書櫥，晚上還要供家人睡覺。另外兩個房間包括兒媳的臥室也都放着他的書。但書不能不增加，他家不得已在陽台與圍牆間小院內搭了一間小屋，放了 10 個書架。這小屋自然屬違章建築，也擋住了鄰居院內的陽光，引起鄰居不滿，要求房管所下令拆除。先師無奈，除親自登門道歉外，又將屋面拆至圍牆以下，才把此事拖延下來。他逝世後，我和他家人清理他的藏書，發現小屋裏陰暗潮濕，悶熱難當，書架間擠得難以轉身，一些書發霉生蟲，黏連成團。先師生前經常感嘆，要是有放書的地方，何至於有幾部好書會失之交臂？

其實，藏書還得有另一個條件——賢內助，先師雖未直說，在當他助手這十多年間我了解不少。先師在遵義時的助手呂東明先生生前告訴我，師母在與先師發生爭執時，經常會拿他的書出氣，甚至直接扔在門前河中。我不止一次聽師母抱怨先師的錢都拿去買了書，弄得家裏開銷不夠。其實先師買書大多是花工資以外的稿費收入，但在師母面前也得運用模糊數學。有一次與顧頡剛先生的助手談及，才知道我們的太老師有相同遭遇，太師母甚至管得更緊。顧

先生購書不僅得動用小金庫，而且還不敢將大部頭的書一次性取回家，只能化整為零，以免引起太師母注意後查問購書款的來歷。

先師從來不把自己的書當藏書，只是工作用書，少數與專業無關的書也是為了「好玩」。他一直說：「除了那部明版《水經注》，我沒有值錢的書，不像章丹楓的書。」有的書買重複了，或者又有人送了，他就會將富餘的書送掉。上海古籍出版社送了他新版的《徐霞客遊記》，他將原來的一部送給我。有了《讀史方輿紀要》的點校本，就將原有的石印縮印本給了我。他自己留的講義、抽印本、論著，只要還有複本，也會毫無保留地送給有需要的人。得知我準備撰寫《中國移民史》，他就將自己保存了四十多年的暨南大學畢業論文手稿送給我。這份手稿封面上有周一良先生的題籤，裏面有不少導師潘光旦先生用紅筆寫的批條，中文中夾着英文，是一份珍貴的遺物，我將它歸入本所已經設置的「譚其驤文庫」。中華書局出了明人王士性的《廣志繹》，他覺得此書重要，以前歷史地理學界重視不夠，專門向出版社買了幾本送給我們。

先師的藏書中有半部六冊《徐霞客遊記》，那還是抗戰前在北平時他的老師鄧之誠（文如）先生送給他的。封面有鄧先生的題識：「《徐霞客遊記》季會明原本。此本存六、八、九、十凡六冊（九、十分上下），其七原闕。一至五冊昔在劉翰怡家，若得合併，信天壤間第一珍本也。」70 年代末，先師得知上海古籍出版社擬整理出版《徐霞客遊記》，即將此書交給參與整理的吳應壽先生，供出版社無償使用。正是以鄧先生的題識為線索，幾經周折，在北京圖書館找到了曾為嘉業堂收藏的五冊季會明抄本。經趙萬里先生

等鑑定，這就是當初徐霞客族兄徐仲昭交給錢謙益、又由錢推薦給汲古閣主人毛晉的《遊記》殘本。這部湮沒了三百多年的最完整的抄本終於重見天日。與長期流傳的乾隆、嘉慶年間的刊本相比，此後由上海古籍出版社出版的《徐霞客遊記》字數增加了三分之二以上，遊記多了 156 天（原為 351 天）。

1981 年 5 月 19 日，先師將這六冊書送給鄧之誠之子鄧珂，建議他將此書出讓給北京圖書館，使兩部殘本合璧。王鍾翰先生得知此事，頗不以為然，問先師：「這是鄧先生送給你的，為什麼要還給他兒子？他兒子沒有用，無非是賣幾個錢。」先師答道：「鄧先生送給我，是供我使用的。現在新版已出，我不必再用這套抄本了，應該物歸原主。如果真能由北京圖書館配全，不是更好嗎？」不過，鄧珂是否接受先師的建議，這幾冊書究竟能否與另一半合璧，就不得而知了。

1991 年 10 月 7 日上午，我應召去先師家，他鄭重地向我交代他的身後事，其中就包括對他藏書的處理。他說凡是所裏（復旦大學中國歷史地理研究所）有用的書可全部挑走，作為他的捐贈，剩下來的書賣掉，所得由子女均分。1992 年 8 月 28 日零時 45 分，先師在華東醫院病逝。1 時 20 分，我在先師的遺體旁向他的長子轉達了先師的幾點遺囑。

以後他的子女找我商量這些書的處理辦法，因他們的意見無法統一，決定不向復旦捐書，但可以讓鄒逸麟（時任所長）、周振鶴（先師學生，我同屆師兄）和我挑些書留作紀念。我當場表示，先師留給我們的紀念夠多了，不需要再挑書，同時說明如這些書出售，我們三人都不會購買，復旦也不會買，以減少雙方的麻煩。據

我所知，他們曾請人估過價，打聽過賣給外國機構的可能性，還接洽過幾家機構，商談過捐贈條件，但都沒有成功。

幾年後，我已擔任研究所所長，先師子女終於取得一致意見，將先師的藏書捐贈給復旦大學，同時捐贈先師的手稿、日記、書信、證書等全部文件，條件是學校必須完整收藏，妥善保存。我立即向校方申報，提出具體條件，還建議發給家屬 20 萬元獎金，由學校與本所各籌措一半，都得到校方批准。但由於種種原因，學校這一半獎金拖了好幾年才發出。學校圖書館大力支持，同意在完成編目入賬後，將其中的古籍和專業書籍、刊物撥歸本所集中收藏。由於先師家那個小間保存條件太差，又沒有及時清理，放在那裏的不少書已霉爛損壞，只好報廢。

2005 年復旦百年校慶前，光華樓建成啟用，我們在西樓 21 層本所最大的一間（80 平方米）設立「譚其驤文庫」，除了收藏先師的書籍、文件、紀念物外，還集中了所裏收集到的先師遺物，編繪《中國歷史地圖集》的有關資料、內部出版物和用品。

央視、鳳凰衛視和上海電視台等曾先後就先師的生平、貢獻和我們的師生關係採訪過我，我都將拍攝地點放在這裏。每當我談及先師的學術貢獻和嘉言懿行，追憶他樹立的人格典範，重溫他的教誨，經常禁不住會凝視他留下的遺產，抬頭仰望他慈祥的遺容，總覺得我就在他身旁。

未建成的施堅雅文庫

2006 年 4 月 7 日，在出席美國亞洲學會年會期間，施堅雅（William G. Skinner）教授的友人和學生在舊金山一家餐館聚會，慶祝他的八十大壽。事先我收到倡議郵件，欣然響應。舉杯祝壽後，每人簡短致詞。我說：「第一次見到施堅雅先生，是 1986 年 7 月，在斯坦福大學他的辦公室裏。當時樂祖謀為我們合影，後來我太太見到這張照片，說：『看你只有人家教授的三分之二高。』我說：『能有他的三分之二就不錯了。』實際上我到現在都在為這三分之二而努力。」引來一片歡笑，施堅雅先生也不禁莞爾。此前我們去加州戴維斯開會，施堅雅先生親自開車將我們從火車站接至住地；2005 年還來上海訪問，連續作了多場學術報告。在致答詞時，他說即將退休，但會繼續完成中國空間數據分析系統的研製工作。看到他神清氣爽，精力旺盛，我們衷心祝他健康長壽，也祝這項已歷時多年的科研項目順利完成。

但在 2008 年 8 月 12 日，我收到了施堅雅先生群發的郵件：

本文曾以「大師的遺孀為何反對將他的贈書建成文庫？」為題，刊於《騰訊網・大家》2016 年 6 月 20 日。

我要直接告訴你們一個已經在小道傳播的壞消息，我被診斷患了舌癌，不幸的是已至擴散階段。目前在進行化療，並取得了令人鼓舞的結果。我正抓緊時間完成我的研究項目和論文，並與家人、親密的朋友交流。賢妻蘇姍和女兒愛麗絲照料備至，兒孫們亦不時來省視。

　　9 月 20 日又收到施堅雅的好友、哈佛大學的包弼德（Peter Bol）教授的郵件，施堅雅先生希望將他的西文書籍和刊物贈予復旦大學圖書館，問我是否願意接受。同時他也提醒我，將這些書刊從加州戴維斯運至上海很不容易，並且需要一大筆錢，如果我願意接受，得認真考慮如何解決。我立即回覆同意，並請他轉達我們對施堅雅先生的祝福和感謝，我保證會儘快解決運輸問題。

　　10 月 26 日，施堅雅先生去世，包弼德教授再次與我商議如何實現他的遺願。11 月 11 日，我確認復旦大學圖書館會承擔將這批書刊運至上海的責任。我知道，這將包括書刊的整理和編製目錄、裝箱、運至集裝箱碼頭、託運至上海、向海關申報、海關審批通過後提取、圖書館編目入庫。這些環節缺一不可，每一環節都需要由專人辦理，並得付一大筆錢。如要在美國將數千冊多種文字的書籍和數十種刊物（估計）完成編目絕非易事，但如果沒有一份詳細精確的目錄，就無法向海關申報。我諮詢了美國圖書館的同仁，也聯繫過國際集裝箱公司，即使願意付高價，也沒有哪一家公司能夠承辦全部託運、報關手續。

　　2009 年 1 月 12 日，施堅雅的學生馬克發來郵件，施堅雅的辦公室是加州大學戴維斯分校為他租的，校方通知租期將至 1 月底截止，辦公室中的書籍必須在月底前搬出。我心急如焚，忽然想到我

館進口書刊的代理中圖公司在美國有派駐機構，或許有辦法，就讓編目部主任武桂雲聯繫求助。雖然中圖公司的駐美機構設在新澤西州，但仍願意幫我們從加州將書運至東部，再以集裝箱運回上海，並為我們辦理報關手續。中圖公司的慷慨支持解決了全部難題，我立即將這一好消息告訴馬克，同時請他務必要求戴維斯校方寬限時間。

幾天後，中圖公司通知我運送辦法，已委託運輸公司在約定時間去戴維斯取書，但必須事先裝箱，所需紙箱可以先送去。我與馬克商量，如果請專人打包，得花不少錢，而且由於施堅雅先生生前來不及處理，裝箱前還得作些清理。馬克答允找學生利用課餘時間來完成，但起運時間不得不推遲。得知施堅雅捐書的遺願，戴維斯分校也同意將辦公室保留至 3 月底。馬克請了幾位學生幫助裝箱，到 2 月 12 日裝完約 80 箱。

3 月 21 日，我到達舊金山後立即給馬克打電話，約定去戴維斯的時間，並請他為我預約會見施堅雅夫人蘇姍教授。23 日，馬克開車來接我，到戴維斯後我們直接去施堅雅的辦公室。全部書籍都已裝箱，我與馬克一一清點。馬克說中圖公司已派人來看過，約定時間後就會來運走。當晚，我們在一家旅館見到蘇姍教授，她請我們吃飯，為我訂了當晚的房間，還預付了房費。我於心不安，再三表示感謝，她卻說：「我應該感謝你們，是你們幫我實現了比爾（施堅雅）的心願。」她告訴我，家裏還有不少書籍刊物，根據施堅雅的遺願，這些也屬捐贈的範圍。我們約定，等她清理完後，再安排託運。

4 月初，馬克發來郵件，辦公室的書合拼為 69 箱，已由中圖公司運走。5 月 15 日，全部書籍運抵圖書館，中圖公司代辦了海關報關手續。

　　7 月 8 日，蘇姍告訴我，她即將賣掉現在的住房，希望儘快運走第二批書籍刊物。中力公司要她提供大約數量，以便安排裝運。7 月 14 日，蘇姍發給我郵件，她無法估計書刊的數量，只能用尺量了排在書架上書刊的長度，共 370 英尺。我將此數字告訴公司，請他們據此安排運力。8 月 25 日，從蘇姍家中運出重約 3 噸共 161 箱書刊。這批書在 10 月底運至上海，11 月 16 日運到我們館。

　　我在江灣分館闢出專室，收藏施堅雅捐贈的全部書籍和刊物，準備建為「施堅雅文庫」。我請蘇姍教授提供施堅雅先生的照片，請包弼德教授提供他的生平事跡和論著目錄，待佈置就緒後正式舉行一個儀式。得知我的計劃後，蘇姍教授卻不以為然，她問：「文庫」起什麼作用？是為了陳列嗎？是將這些書當作紀念品嗎？這不是比爾所希望的。比爾將這些書送給復旦圖書館，就是希望它們與圖書館中其他書一樣，能夠被復旦大學的師生很方便地閱讀利用。如果他值得你們紀念，這就是最好的紀念。

　　我決定停建文庫，待編碼完畢後這些書籍刊物將全部向讀者開放。蘇姍教授非常高興，她給我發來郵件：「這真是一個好消息！我欣喜地獲悉，這些書刊將被閱讀和利用，就像比爾珍視它們一樣被珍視，想到這點我笑逐顏開。」

　　以後我陸續收到讀者的郵件。一位社會科學教授說，他翻閱了施堅雅贈書，發現西文的人類學著作相當齊全，這批書的價值無論

如何都不會被高估。一位研究生告訴我，有一本書他已找了多年，由於出版年代早，印數少，國內外大圖書館都無收藏，現在施堅雅贈書中找到了。還有知道這批書來歷的讀者讚揚施堅雅先生的高風義舉，建議我努力開拓捐贈資源。

　　我突然意識到，施堅雅文庫已經建成，它就在我們圖書館中，就在我們讀者的心中。

圖書館的難題

1985 年我在美國哈佛燕京學社訪學期間，正值圖書館年底處理複本圖書。一大堆書放在那裏任憑挑選，一般每本收一美元，有的幾本收一美元，甚至一大捆才收一美元。我是第一次遇到這樣的機會，等我下午去時，剩下的書已不多，不再收錢，看中的拿走就是。我挑了幾本，居然有羅香林簽名題贈的《興寧語言志》。聽說上午有更多的作者簽名本，以前還有人買到過郭沫若等人的簽名本。

以後與哈佛燕京圖書館吳文津館長談及，建議在處理複本時應保留作者贈書，而將其他複本清出。否則會影響作者向圖書館贈書，而且會被認為對作者不尊重。吳館長贊成我的意見，答應下次處理時會給工作人員特別提醒，但他也坦率地告訴我，實際上很難避免。因為美國大學的圖書館一般一種書只購一本，為了延長圖書的流通壽命，有精裝本的都購精裝本，沒有精裝本的也加工成精裝。而中國作者的贈書大多是平裝本，如果圖書館已經有同書的精裝本，就不會再加工成精裝。清理複本時由於時間緊，工作量大，往往僱非專業臨時工，或由打工學生承擔。他們遇到複本書時，肯

本文曾以「並非所有的捐贈都那麼美好」為題，刊於《人民論壇網‧文化》2016 年 7 月 15 日。

定會留下精裝本，處理掉平裝本。其中多數人不懂中文，能識中文的也不會花時間仔細檢查封面裏面的內容。就是偶然見到有某人的題辭或簽名，又有誰能當場判斷這本書的價值？

後來我與一位美國教授談起，他並不認同我的意見。他認為，作者既然將書送給圖書館，就是為了給人看，給人用。既然圖書館有複本，與其留在那裏沒有人看，不進入流通，還不如賣掉或送掉，讓這本書繼續發揮作用。他反問我：「難道作者贈書的目的，是為了將書永久留在圖書館作為自己的紀念品嗎？」

所以當我在報上看到巴金捐贈給國家圖書館的外文雜誌流失到市場的消息，我懷疑是不是國圖的工作人員也是將這些雜誌當複本處理掉了？

1986 年春我在波士頓拜訪潘毓剛教授，看到他家的一個大房間中密集的書架上都放滿了書。他告訴我這些書都是別人捐贈給中國大學的，還得籌集運費才能運往中國。「你如果需要，自己盡量拿。你們學校的某某就拿了不少。」儘管當時國內很難獲得外文原版書，但考慮到運費昂貴，其中又沒有我需要的專業書，我還是謝絕了他的好意。實際上我已經有一大包書無法隨身帶走，回國前辦了海運。

2007 年我當了復旦大學圖書館館長，幾年下來與國內外不少圖書館館長有了交往，發現館長們的最大一致性就是，沒有一個館長認為錢夠了，也沒有一個館長認為房子夠了。我會見哈佛大學圖書館常務副館長（館長年逾 90，屬禮遇性質，不管事）時，說到我們館實在太小，新書無法上架，「我有像你們懷德納圖書館這樣的大樓就好了」。誰知她馬上說：「你大概好久沒有去懷特納圖書館

了吧！你去看看，連走廊裏都堆着書。」美國大學圖書館大多已設置遠程書庫，將閒置的或出借率很低的書籍調去，以緩解書庫的壓力。所以，除了堅持「零複本」原則外，也不輕易接受捐贈。了解這些情況後，我們館與國外館建立的交換關係都是各取所需，而不是單方面贈書。我自己也不再主動向國外圖書館贈書，在交往中至多贈送一二冊估計對方還來不及訂購的新版書，或者是經檢索對方沒有收藏的書。對方會將館藏中我的書集中起來，讓我簽名留念。

當館長的時間長了，我更明白，除了缺錢缺房外，中國的圖書館長在處理捐贈書刊時，還有更多的難處和尷尬。

首先是接收的標準。國內的正式出版物自然沒有問題，但非正規的或境外的出版物就麻煩了。不時有作者將自己的非正規出版物寄來或親自送來，條件是給他發一張捐贈證書。本來大學圖書館應該兼收並蓄，多多益善。人家送了書，給一張捐贈證明或感謝信也完全應該。但有的捐贈者會以此為證據，證明其出版物的價值和地位——「已由復旦大學圖書館收藏」，甚至還要求我與他合影為證。這類出版物如果只是質量差，或毫無用處，還只是浪費了圖書館的空間；如果不符合主流價值觀或政治不正確，我這館長日子就不好過了。一次我收到從境外寄來的一包書，還來不及打開，某部門的電話就來了，要我立即上交。

另一次我們收到上百冊由某少數民族企業家捐贈的某族文字的書籍，已經開放外借，某部門下令全部上交。我斷然拒絕，理由是這些都是正規出版社的正規出版物，為什麼不能接受？我責問：「如果是漢族企業家的捐贈，你們會管嗎？為什麼少數民族企業家就不能捐贈呢？」我非但不予理睬，還在全國政協常委會分組討論

時以此為例，批評這種名為「維穩」實際影響民族平等的做法，要求國家民委檢查處理。但聽說其他兩所高校圖書館就相當被動，在遵命上交後，某族學生追問這些書的下落，館方無法應對，只能另行採購替代。幾個月後，我收到該區教育廳的公函，稱這批書中有幾本是盜版，讓我們收回，並表示如果我們需要少數民族文字的書籍，可直接向該廳索取。看來本來很簡單的事，被某些部門的經辦人有意無意地擴大化、複雜化了。但圖書館在少數民族同學中造成的負面影響，卻一時難以消除。

2004 年，國際資深圖書館學家、曾主持過多家美國和歐洲東方圖書館的馬大任先生在二次退休後，在美國發起「贈書中國計劃」，募集美國圖書館的複本書及私人捐贈的圖書運往中國，送給中國的大學圖書館。我最後一次接待馬先生時，他已年近 90，但仍然精神矍鑠，熱情感人。他身體力行，帶領一批七八十歲的老人和志願者，已經將幾十個集裝箱的幾十萬冊圖書運到中國。但我們雙方都遇到了難以克服的困難，馬先生的崇高目標和良好願望變得有些渺茫。在美國，教授退休後大多願意將自己的藏書捐掉，教授去世後家屬子女也願意將其藏書捐贈，但他們沒有時間和精力整理分類，更不可能編出詳細目錄。圖書館樂意捐贈複本圖書，但一般也沒有經費提供包裝運輸，或者專門為此編目。馬先生與他的同道盡了最大努力，包括親自包紮整理、動員子女捐款，也只能將這些書從教授家或圖書館全部集中起來裝箱運走，無法做任何清理分類。到了中國後，得向海關申報，其中少數書是禁止進口的。退回還得花錢，也沒有人接收，只能銷毀。能夠進口的書中，還有一部分已經沒有利用價值，如應用學科中一些舊版書、殘缺破損書。隨

着高校圖書館採購外文原版書籍的增加，和更多外版書在中國翻譯出版，一些本來可以利用的書也成了複本，即使不收費用，圖書館也得考慮儲存空間和收藏的成本。所以除了定向捐贈的書在報關後由接收單位自己運回外，其他書只能集中存放在青島，讓有興趣接受的各館自己去挑選，選中的書每本付 8 元成本費（報關、倉儲等項）。加上人員的差旅費和書籍的運費，每本書的最終成本還會更高，這些書成了食之無味、棄之可惜的雞肋。

幾年前，本館一位退休多年的員工拿來幾部祖傳古籍要求收購，他提出一個很低的價格，他只想湊一筆錢為自己預購墳地。我請古籍部查了市場價，比他要的價高得多，建議他不要賣給我們，他卻不願意。他表示這些書是應該捐給圖書館的，實在是一時湊不滿買墳地的錢，才希望賣些錢，但絕不會賣到市場上去。我覺得我們不能乘人之急，以如此低的價格買他的書，應該在成全他捐贈願望的同時，解決他的實際困難。在學校的支持下，我們接受他的捐贈，同時給他發了一筆獎金。儘管獎金的數額超出了他的期望，但比市價還是低得多。

並非所有的捐贈都那麼美好，有些就令人啼笑皆非。有一次我在書庫裏看到一批書，是一位已故教授的家屬捐的。我粗粗翻了一下，竟沒有什麼像樣的書，有的還是過了時的學習材料。原來家屬已將教授遺書的大部分挑出來「捐」給其他部門了，這些是挑剩的。我批評了相關員工，為什麼未經批准就接受了這樣一批書！當廢紙處理還增加我們的工作量。這未必符合這位教授的遺願，但由於他生前沒有作出處理，外人就很無奈，也不知內情，實際損害了他的清譽。

在國內外大學的圖書館中，我都看到過一些著名教授、學者留下的文庫或特藏，完整地收藏着他們的藏書，有的還包括他們的手稿、書信、日記、筆記、照片、文具和紀念物品。我了解大概有三種情況，有的是本人或家屬無償捐贈的，有的是圖書館或某項基金購買的，有的是通過各種途徑收集起來的。

我很羨慕，儘管復旦校史上不乏名教授、一流學者、藏書家，卻還沒有能在我們館中設置這樣的文庫或特藏。但我也預感不安，要是今後出現這樣的機會，本校、本館能有合適的場所、充足的資金和專門人員來建設和維護嗎？另一方面，如果出現「供過於求」的狀況，或者有人自不量力要給自己設文庫、建特藏，有沒有健全的評審制度加以鑒定或充足的理由予以拒絕呢？

我也要向藏書豐富的同仁友人進一言：為自己的藏書落實歸宿，最好在生前就做出明確決定。願意捐的就像施堅雅教授那樣無條件貢獻，而不是將這些書當作自己的紀念品。想出售的就直截了當報價，本校買不起就賣給別人。只要不屬禁止出口的文物，如果捐給外國能發揮更大的作用，完全可以捐往外國，本國賣不掉也不妨賣往外國，或者爭取賣一個好價錢。總之，如果希望自己的藏書繼續發揮書籍的作用，就讓它們像其他書一樣，無條件交給圖書館流通。如果要將自己的藏書當成商品，完全可以投入市場，光明正大地獲得收益。至於這些書是否夠得上文物、能否被後人當作紀念品，那還是讓後人定吧。

我為藏書找到了歸宿

　　我自己購書是從讀高中時開始的。但那時家裏窮，父母根本不會給零用錢，只是偶然經手花一筆小錢時父母會同意留下一二角尾數，積累起來也只能買一二本舊書。買得最多的是中華書局的活頁文選和上海古籍書店賣的零本《叢書集成》，最便宜的五分、一毛就能買一冊。也曾經在猶豫再三後花「天文數字」二元錢買了一冊朱墨套印的《六朝文絜》，又以差不多的價格買了明版《陸士龍集》、清刻本《歷代名儒傳》等。這些書現在的身價早已以萬元計了，這是當時絕對想不到的。即使想到了，我既沒有更多的錢，比現在清高得多的我也不屑於為賺錢而買書。當時中蘇關係還沒有公開破裂，外文書店還有蘇聯出版的書，其中有中學英語課本和課外讀物，都是精裝彩印，每本只賣一二角錢，估計屬「處理品」。我高一剛開始學英語，陸續買了好幾本。1964 年 9 月我第一次領到十幾元實習津貼，回家的路上就在寶山路新華書店買了一套嚮往已久的《古代漢語》。1965 年正式參加工作後有了每月 37 元工資，以後陸續增加到 48 元 5 角、58 元、65 元，手裏有了寬餘的錢，自然想買書。可是階級鬥爭的弦越繃越緊，舊書攤已經消失，古籍書

本文原刊於《騰訊網・大家》2016 年 11 月 16 日。

店、舊書店可買的書也越來越少。到文化大革命開始，終於除了紅寶書以外就無書可買了。我知道這幾冊古籍屬於「封資修黑貨」，還是捨不得扔掉，將它們塞在一隻小藤箱底下，放在家裏閣樓上最矮處。幸而我家不屬查抄對象，這幾冊書躲過一劫。那些蘇聯英文書屬「修正主義毒草」，找機會扔了。

文革期間天天要讀毛主席語錄，學《毛選》，我為了同時學英語，專門買了英文版《毛主席語錄》、《毛澤東選集》。當「批林批孔」進入「評法反儒」，荀子、韓非子、商鞅、王安石、王夫之、魏源等「法家」、「改革家」的著作和楊榮國、趙紀彬、高亨等人的書有了內部供應。文革後期，范文瀾主編的《中國通史》重印發行。但直到1977年底，新華書店能買到的書還很少，《新華辭典》、《各國概況》等書，我都是在出席上海市人代會期間在會場內買到的。

1978年10月我成了復旦大學歷史系的研究生，一方面是有了研究的方向，對專業書的需求更加迫切，購書目標也更明確；另一方面，每學期有20元書報費，在一部中華書局版《史記》定價10.10元的情況下，每年也可多買不少書。工作後工資不斷增加，又有了稿費收入，科研經費中也能報銷一部分購書款，儘管書價也不斷漲，但大多數想買的書都能隨心所欲。以後，相識或不相識的友人贈送的書、有關或無關的出版社和機構寄來的書也不斷增多。當然，這類書不是白受的，或已經或將要回贈，或得寫出推薦、評語或序跋，或因此而欠下了文債，但也有毫無緣由又無法退回的，結果都是藏書量大增。

三十多年下來，我面臨的難題已經不是買不到書或買不起書——當然只限於研究或興趣所需的書，而是書往哪裏放。1999年我遷入在平江小區的新居，有了一間 37 平方米的客廳兼書房，我的書基本上了書架。但好景不常，一二年後新來的書就只能見空就佔。2004 年遷入浦東新居，三樓歸我所用，除了專用的書房外，闢了一個 10 平方米的小書庫，客廳裏還放了兩個書櫃和一排放大開本精裝書及畫冊的矮櫃，一些不常用的書只能留在舊居。2005 年我們研究所遷入學校新建的光華樓，教授都有了獨用的辦公室；2014 年，我按資歷搬入面積最大的一間；2007 年至 2014 年我當復旦大學圖書館館長期間，在圖書館有一間辦公室，都被我日益擴張的書籍所佔。不過，直到 2010 年前後，藏書多多益善的觀念我還沒有改變。

　　當了圖書館長後，我發現藏書沒有地方放也是圖書館面臨的難題，不僅像我這樣館舍面積本來就不足的館長，就是我結識的世界名校的圖書館長也無不抱怨書庫太小、新書太多。美國大學圖書館大多建了遠程書庫，並且越建越大，但面對信息爆炸形成的天文數字的書籍、刊物和讀者無限的需求，還得另闢新路。

　　一是加速以數字化和網絡資源取代紙本書籍和刊物，一是減少並清除無效館藏，我們館也是這樣做的。以前報紙、學術刊物、論文集佔了館藏一部分，並且逐年增加，現在基本都已為數據庫所取代，一般不再訂紙本。由於價格原因不得不同時訂的紙本報刊，使用後也及時處理，不再收藏。隨着中文數據庫的增加，一般書籍有一本就能滿足流通的需要，完全可以減少以至消滅複本。除了有版本或收藏價值的書，其他的複本也及時處理。

由此我想到了自己的藏書，是否也應該同樣處理呢？如原來我已買了一套《中國大百科全書（簡明版）》以及《中國大百科全書》中的歷史、地理等卷，2000年我去南極時帶的是地理等卷的光盤，回來後再也沒有用過紙本。一些卷帙浩大的工具書早已為目前網絡或數字化資源所取代，檢索之便捷、準確不可同日而語。如果從使用的價值看，佔了一排書架的這些《大百科》和那些工具書已成無效收藏。早些處理，還能供他人使用，留到以後只能成為廢紙。何況近年房價飛漲，再要擴大住房幾乎沒有可能，要增加居室面積，改善生活質量，及時處理無效藏書，不失為可行的辦法。周有光先生的寓所只是一套小三居室，他在退休時，就將自己的藏書全部贈送給原來供職的國家語委。他的書房兼臥室只有9平方米，唯一的書架也沒有放滿。但就在這間房間內，他以百歲高齡出了多種新著，他告訴我多數資訊是通過網絡獲得或核對的。

　　幾年前有人告訴我，網上在拍賣我簽名送給某學生的書，我一看果然如此，自然很不愉快。後來遇到這位學生，他主動稱冤，說此書早已被一位同學強索而去，他也要向這位同學問罪。又有友人告我，潘家園出現了我簽名呈送吳小如先生的書，當時吳先生還健在。原來這是他家保姆擅自將他一些不常用的書當廢紙賣了，反正他也不會發現。我去西安參加復旦校友會時作了一場講座，結束後一位聽眾拿了我的博士論文的油印本要我簽字，並希望我寫幾句話。我很驚奇，當時只印了30冊，記得只給陝西師大的兩位評閱老師寄過，如何會到了他手裏。感慨之下，我慶幸這幾本書有了一個好歸宿，既暫時避免了當廢紙的命運，也強似當主人的無效收藏。這更使我打定主意，為我的藏書早些找到歸宿。

我將現有的書分了類，定了不同的處理辦法。長期不用或與我專業無關的書立即處理，分批交本所資料室，由他們決定是留在資料室，還是交給校圖書館，或者報廢。自己只偶然用到而對其他讀者較有用的書，特別是新出的、多卷的、訂價貴的，及時交給圖書館，以發揮更大作用。已有網絡或數字化資源替代的書，也儘快處理。還要用的書，或還想看的書先留着，隨着學術研究和寫作的減少，或今後退休，再陸續交出。工作中會用的書，先轉移到我辦公室，便於以後交出。那些對我有特殊意義的書、我特別喜歡的書、幾種現在夠得上善本的書，數量有限，我會一直保留，等我完全無用時由後人處理。先師季龍先生賜我的幾冊書，包括他的大學畢業論文手稿《中國移民史要》，將贈給本所的「譚其驤文庫」，與先師的藏書、手稿、信函合璧。至於雜誌，除保留刊載拙作的外，只擬留完整的《歷史地理》和《中國國家地理》。以往在學校新收到書刊，我都帶回家。現在先分類，大部分留在辦公室或直接交出，不用的雜誌送給學生。

一度猶豫的是，如何處理別人贈我的簽名本。今後作者或其後人得知，會不會感到不愉快甚至氣憤？讀者見到，是否會有不良影響？以己之心度人之腹，顯然是多慮了，這些書如能為圖書館接收，自然比閒置在我書架上，或堆積在屋角落強。但我還是在對方的簽名旁寫上「轉贈圖書館」，並簽上名，或者補蓋一個藏書章，使讀者了解這個過程。

我決定不將書送給私人，包括關係親密的學生在內，放在圖書館畢竟能使更多人受益。

原打算集中處理一批，發現分類並不容易，有的書拿在手裏會猶豫再三，數量與重量也出乎意料。請所裏僱了輛小卡車，只取走了一批畫冊與那部 10 大盒 100 冊的《中國歷史地理資料匯輯》。於是決定細水長流，平時陸續清理，每次去學校時帶走一小拉竿箱。同人在電梯中見到，常以為我剛外出歸來，或準備出差。在辦公室裏積到夠裝一平板車，再讓資料室拉走。只是從我當圖書館長的後兩年開始，至今已有四年多時間，家中的書房與藏書室的利用空間尚未顯著改善，看來得加快處理速度。

　　我還沒有達到施堅雅先生的境界，但可以對得起自己辛辛苦苦積累起來的書和師友好意送給我的書了，它們已經或將要有更好的歸宿。

第四編

書序・回憶

仰望星空　依託大地
—— 復旦大學學生會「星空講壇」五周年寄語

　　我有過兩次極佳的機會仰望星空，一次是在摩洛哥南部撒哈拉沙漠的邊緣，在行進的越野車上；一次是西藏阿里高原，躺在帳篷旁的草原上。雖然都是前所未見的壯觀，但後者更是空前絕後。不僅是因為地處近 5,000 米高原，空氣純粹而稀薄，周圍百里之內沒有任何光源，而且因為我是躺在草地上觀察欣賞，依託大地，隨心所欲，可盡目力所及，更可引發無限的遐想。

　　在學生會學術部「星空講壇」向我索稿時，我忽然想起仰望星空的往事，因為我覺得對「星空講壇」的聽眾來說，不也是如此嗎？

　　這個講壇的名稱反映了同學們對知識、信息和精神財富的渴求，就像仰望星空那樣，希望在這一過程中得到展望、啟示、鼓舞、昇華。講壇為大家匯聚了燦爛的群星，但還是要依託大地才能獲得最佳效果。

***

本文寫於 2006 年，未刊。

大地，就是紮實的知識基礎。講壇傳播的大多是最新的信息、最濃縮的知識、最前緣的學科動態、最深刻的經驗教訓、最生動的人生感悟、最不易到達的境界、最吸引人的目標。但要是不具備基礎知識，沒有必要的前期準備和後續研習，不閱讀基本的文獻資料，不經過自己的思考、質疑和理解，那就只能停留在課餘興趣的層面，甚至與一般的追星無異。

　　大地，就是必要的科學實驗和社會實踐。現在絕大多數同學都是從學校到學校，從家門到校門，很少接觸社會，更談不上深入了解。即使是純粹的科學研究和人文思辨，也不能完全脫離社會，因為其研究成果之是否有意義，是否取得進步，最終還是要運用於社會或為社會所檢驗的。對於人文社會科學來說，社會實踐更是任何書本和間接經驗所不能替代的。很多信息和知識永遠不會被客觀地、如實地記錄在文獻中，只能靠自己了解和體會。而且對同樣的文字記載，包括音頻、視頻記錄，不同的經驗積累和社會實踐的人，完全可能具有不同的價值，結果自然也會不同。

　　求知和實踐都要有長遠的眼光和穩健的步伐。在知識爆炸和社會瞬息萬變的今天，任何人都免不了有所選擇、有所側重，而不能再當百科全書，也不能事必親歷。但對已被多數人的經驗證明了的必要的知識結構和實踐能力，還是應該尊重，努力具備。有些知識和能力或許今後的確沒有運用的機會，但學習和掌握的過程實際構成了一個人整體素質的一部分，或者已經起了潛移默化的作用，終身受益無窮。

　　在「星空講壇」創立五年、開講四百餘期之際，我希望星空會更加燦爛，也希望每一位聽眾同學始終依託着大地。

七十而思
——《我們應有的反思》自序

　　2007年，復旦大學出版社賀聖遂社長策劃了一套「三十年集」系列，邀我參與。「三十年」，是指1977年恢復高考與1978年恢復招收研究生至此已30年，因此他想在這兩年或稍後考上大學或研究生的人中物色一些人各編一本集子。集子的體例是每年選一二篇文章，學術論文與其他文章均可，再寫一段簡要的紀事，逐年編排成書。我按體例編成一書，取名《後而立集》。「三十而立」，可惜我到33歲剛考取研究生，學術生涯開始得更晚，能夠編入此書的任何文字都產生在「而立」之後。

　　到了今年，梁由之兄得知12月將是我70初度，極力慫恿我續編至今年，重新出版。他又主動接洽，獲賀聖遂先生慨允使用《後而立集》的內容。於是我仍按原體例，續編了2008年至2014年部分，同樣每年選了兩篇文章，寫了一段紀事。新出版的書自然不宜沿用舊名，由之兄建議以其中一篇《我們應有的反思》的篇名作為書名。開始我覺得題目稍長，在重讀舊作後就深佩由之兄的法眼，欣然同意。

《我們應有的反思：葛劍雄編年自選集》（北京：中信出版社，2015）。

「三十而立，四十而不惑，五十而知天命，六十而耳順，七十而從心所欲，不踰矩。」每到逢十生日，總免不了用孔子的話對照。但聖人的標準如此之高，每次對照徒增汗顏，因為自知差距越來越大。年近 70，不僅做不到不逾矩，而且離隨心所欲的境界遠甚。這些舊作基本都是我 40 歲後寫的，卻還談不上不惑，相反惑還很多。但畢竟有幸躬逢改革開放，特別是當初倡導解放思想，撥亂反正，否則我不可能在 1988 年寫出〈統一分裂和中國歷史〉這樣的論文，並且能入選「紀念黨的十一屆三中全會十周年理論討論會」並獲獎。這些文章在學術上未必有多少貢獻，差堪自慰的是我始終在反思，所以儘管時過境遷，對今天及以後的讀者還有些意義。

就以〈我們應有的反思〉為例，那是為紀念抗日戰爭勝利 50 周年在 1995 年寫成的。由於此文的重點是反思，有些觀點和說法與主流有差異，發表過程還頗有周折。有幸發表後引發了不小的反響，包括日本的輿論在內，後來一位日本學者還專門到復旦大學找我討論，一位旅日學者發表贊同我觀點的文章後還引發激烈爭論。19 年後，面對中日關係的複雜形勢，我認為我的反思不是過頭了，而是還不夠，但基本是正確的。去年和今年我兩次向政府建議應隆重紀念抗日戰爭 70 周年，是當年反思的繼續。但當年的反思也有兩點失誤：一是沒有料到中國的經濟發展會如此迅速，以至不到 20 年經濟總量已超過日本，而我對中國的評價與預測都偏低；一是當時尚未了解歷史真相，還沿用了蔣介石、國民黨不抗日的陳說，涉及歷史的一些說法在今天看來多有不妥。還有一點，當時不知道中日建交後日本究竟給了中國多少援助，政府贈款合多少、日

元貸款有多少，直到 2002 年中日建交 30 周年時政府才公佈總數達一千九百多億人民幣，並向日本政府表示感謝。我支持我國政府的立場，這筆援助對中國的改革開放和現代化建設的確起了很大作用，該感謝的還是應該感謝，不能與戰爭賠償混為一談。

在其他方面，在學術上也是如此。我在研究生期間開始研究歷史人口地理、人口史，以後發表了《中國人口發展史》，合著了《中國移民史》、《中國人口史》、《人口與中國的現代化（1850 年以來）》，參與撰寫《中國人口‧總論》，也發表了相關的論文，參加過多次專題討論會。由於這也是一個反思的過程，所以在 1995 年我提出，國家計劃生育政策應及時作出調整，從獨生子女改為「鼓勵一胎，允許二胎，杜絕三胎」。但今天看來還不夠，從中國人口的發展趨勢，從上海等大城市已經出現的變化看，還應進一步調整到「確保一胎，鼓勵二胎，允許三胎」。除了政策調整外，還應從傳統文化中尋找資源，那就是賦予孝道新的內容，教育青年將生兒育女當作自己對家庭、對社會和國家的應盡的責任，當作真正的孝道。

先師季龍（譚其驤）先生一直鼓勵我們要超越前人，包括要超越他。他自己也一直在反思自己以往的研究成果，給我們樹立了榜樣。在他留下的最後一篇未完成的論文中，他還極其坦率地承認他的成名作〈永嘉喪亂後之民族遷徙〉一文中對移民數量估計的失誤。在他的鼓勵下，我也質疑他的某些觀點。例如，在編繪《中國歷史地圖集》過程中，他形成的觀點是「18 世紀中葉以後、1840年以前的中國範圍，是我們幾千年來歷史發展所自然形成的中國，這就是我們歷史上的中國。至於現在的中國疆域，已經不是歷史上

自然形成的那個範圍了，而是這一百多年來資本主義列強、帝國主義侵略宰割了我們的部分領土的結果，所以不能代表我們歷史上的中國的疆域」。而我近年來的看法是，如果說 1840 年前的中國疆域是「自然形成」的話，那麼此後到今天的中國疆域也是「自然形成」的。(詳見本書〈地圖上的中國和歷史上的中國〉。)

　　我當然希望自己有一天能達到「隨心所欲」的境界，但只有不斷反思方有可能。只要不斷反思，即使永遠達不到這一境界，也能逐漸接近，所以在年近 70 時，我想到的是「七十而思」。這並不是說以前沒有思過，而是思得不夠，要永遠思下去。

《行萬里路》自序

　　《航旅縱橫》網上顯示，從 2011 年開始至今，我乘坐國內航班的里程已經超過 60 萬公里。如果加上此前乘的和乘坐外國航班的里程，加上使用汽車、火車、輪船等其他交通工具，我的行程肯定已超過百萬公里。古人將行萬里路當作人生的目標，託現代交通工具之福，今人已可輕易做到。當然如果只計步行所及，多數人反不如古人，我自己的步行里程一定離萬里遠甚。

　　1945 年我出生在浙江省吳興縣南潯鎮（今屬湖州市南潯區）。儘管這是一個以「四象、八牛、七十二條狗黃狗」眾多巨富著稱的千年古鎮，我家卻是從父親開始遷來的孤零外來戶。離外婆家不遠就是汽車站，自幼就遠遠聽到汽車喇叭聲，或看着汽車絕塵而去。離我家不遠的「大橋」（通濟橋）下是船碼頭，每天都有幾班輪船停靠或出發。到 1950 年初，我才第一次有機會離開出生地，就是在「大橋」下乘的船。失業在家的父親回紹興故鄉過年，想賣掉祖屋作為謀生的資本。之所以帶上我，是因為我已能自己行走又不須要買車船票。記得那天一早我隨父親坐上輪船，忽然見在岸上送別的母親與其他人向後退去，就這樣開始了我平生的首次旅程。船到

《行萬里路：葛劍雄旅行自選集》（北京：商務印書館，2016）。

杭州，換乘汽車到蕭山，再乘輪船到離故鄉最近的馬鞍鎮，步行到家。返程乘船到西興，乘渡輪過錢塘江到杭州，再乘船回南潯。但直到我1956年遷往上海，就再也沒有外出的機會，連縣城湖州也沒有去過。

或許是5歲時的首次旅行激發了我對外界的興趣，我對一切描述外界的文字和圖畫都會貪婪地閱讀。偶然獲得一本通過一個小學生隨母親乘火車從上海去北京的過程介紹鐵路旅行常識的小冊子，看了不知多少遍。以至1966年第一次乘火車經南京到北京，我竟對火車上的一切和沿途設施似曾相識。

轉學上海後，見聞漸廣。特別是進了中學，可以憑學生證到上海圖書館看書，以後又找到外借的機會，可以隨心所欲地找書讀了。記不得在哪本書、哪篇文章中見到了「讀萬卷書，行萬里路」這句話，立即給我留下深刻印象，並且產生了強烈的願望。但與在南潯鎮上一樣，直到1966年11月，儘管已是我正式當中學教師的第二年，我的足跡還沒有踏出上海一步。11月間，我所在中學的黨組織已經失控，「革命小將」與「革命教師」紛紛去北京接受毛主席的「檢閱」，或投入「革命大串連」，我也擠上北行火車，在北京西苑機場見到毛主席。但那時一心革命，到了北大，連不遠的頤和園都不想去，見了毛主席後就趕回上海繼續革命。

1967年，學校繼續停課，造反派奪了權後我這個「保皇派」無所事事，住在空教室裏當起了「逍遙派」，整天練英文打字（用的是英語版《毛選》或《毛主席語錄》）、游泳（響應毛主席號召），晚上悄悄裝裱從地攤上淘來的舊碑帖。文革初「破四舊」時，為避免損失，我與圖書室管理員將一些容易被當作「封資修」的書籍刊

物轉移到儲藏室。此時我從中揀了一冊《旅行家》的合訂本，不時翻閱，眼界大開，卻只能心嚮往之。

當年秋，學校成立革命委員會，為「清理階級隊伍」設立「材料組」（或稱為專案組），吸收我為成員。以後「軍宣隊」（解放軍毛澤東思想宣傳隊）和「工宣隊」（工人毛澤東思想宣傳隊）進駐，接管材料組，我被留用。我校的審查對象中有一位解放前當過記者，交遊廣，經歷複雜，還涉及中共高幹與上層統戰對象。為了查清他的問題，我先後去了廣州、重慶、內江、成都、西安、銅川、石家莊、保定、邢台、北京、天津等地，還去了好幾個縣城和勞改農場。有幾位審查對象原籍蘇北，還有一位原籍山東，解放前在山東當過警察，我幾乎跑遍了蘇北各縣和大半個山東。我嚴格遵守外調紀律，絕不趁機遊山玩水，僅順便參觀過革命紀念地，如重慶的紅岩村、石家莊的白求恩墓。另一方面，各地的名勝古蹟、自然景觀不是遭破壞就是被封閉，也無處可去。但我一般隨身帶着那套《旅行家》，至少預先看過與沿途和目的地有關的內容，增加了不少知識，有時還糾正了其中的錯誤。

1978 年成為復旦大學譚其驤教授歷史地理專業的研究生，才有了專業考察的機會，第一年在地理、考古教師指導下去南京、揚州實習，第二年去內蒙、山西、陝西、山東考察。1982 年我與周振鶴成為首批博士生，9 月去新疆、青海考察，研究生院特批我們從上海乘飛機去烏魯木齊和喀什。1981 年起我擔任譚先生的助手，直到他 1991 年最後一次去北京，除了我去美國一年外，他絕大多數外出都是由我陪同的；10 年間我又到了以前未涉足的昆明、貴陽、遵義、都江堰、三峽、武漢、壺口瀑布、瀋陽、撫順、長

春、長白山、南寧、中越邊境、桂林、洛陽、鄭州、安陽、濟南、曲阜、包頭等地。我自己也有了各種參加學術會議、工作會議、講學、評審、考察參觀的機會，如 1986 年在蘭州召開的歷史地理年會組織了從蘭州沿河西走廊到敦煌的考察，1987 年夏天我與同學專程去青海、西藏、四川考察。到本世紀初，我已到過全國各省、市、自治區，香港、澳門和台灣，包括與越南、緬甸、尼泊爾、巴基斯坦、塔吉克斯坦、吉爾吉斯斯坦、哈薩克斯坦、蒙古、俄羅斯、朝鮮接壤的邊境。

1985 年我 40 歲時首次走出國門，去美國哈佛大學訪學，至今已到過 5 大洲 49 個國家。改革開放的機遇、個人的努力和幸運，還使我獲得了幾次可遇不可求的旅程：

1990 年 8 月去西班牙馬德里參加國際歷史學大會，我從北京往返，全程火車，歷時一月，到了莫斯科、柏林、巴黎、馬德里、巴薩羅那、海德堡、科隆、法蘭克福、慕尼黑、維也納、日內瓦、洛桑、布達佩斯等地，由二連浩特出境，從滿洲里入境。

1996 年 6 至 7 月，由拉薩出發去阿里地區，詳細深入考察了札達等處的古格遺址、土林和岡仁波齊神山。

2000 年 12 月至 2001 年 2 月，以人文學者身份參加中國第 17 次南極考察隊去南極長城站，途經智利、阿根廷。

2003 年 2 至 5 月，應中央電視台和香港鳳凰衛視之邀，我擔任「走非洲」北線嘉賓主持，在摩洛哥、突尼斯、利比亞、埃及、蘇丹、埃塞俄比亞、肯尼亞七國採訪拍攝，其中從卡薩布蘭卡至亞的斯亞貝巴基本都乘越野車經行。

2006 年 10 至 11 月，我參加中央電視台組織的「重走玄奘路」文化交流活動，由新疆喀什出發，乘車經吉爾吉斯斯坦、烏茲別克斯坦、阿富汗、巴基斯坦，到達印度新德里和那爛陀寺遺址。

2011 年 7 月，應邀至俄羅斯摩爾曼斯克，乘坐核動力破冰船「五十年勝利號」到達北極點。

2015 年 2 月，專程去坦桑尼亞登非洲最高峰乞力馬扎羅，到達 4,750 米處。

這些都是我幼時做夢也不會想到的，也一次次超越了我成年後和中年後的夢想。

我曾經將遊蹤與感受寫成《走近太陽 —— 阿里考察記》、《劍橋札記》、《千年之交在天地之極：葛劍雄南極日記》、《走非洲》等書和長短不一的文章，也通過數十次演講與聽眾分享。「行萬里路」的收穫則與「讀萬卷書」的成果交融，支撐着我的學術研究、教學教育和社會活動，豐富我的人生，滋養我的精神，不斷引發我回憶和思索。

在友人的鼓勵和支持下，在這些書以外，我選編出版了《讀不盡的有形歷史》（岳麓書社，2009）和《四極日記》（復旦大學出版社，2016），也將這些書修訂編入《葛劍雄文集 4・南北西東》（廣東人民出版社，2014）。但梁由之兄一再慫恿我編一本《讀萬卷書 行萬里路》，在編成初稿後又建議我將讀書和行路方面的文章分編為兩本，於是產生了這本《行萬里路》和另一本尚在選編的《讀萬卷書》。趁本書問世之際，寫下這些文字，作為以往行路的介紹，

也為了向所有鼓勵、支持、幫助我行路的人表達感激，並感謝梁由之兄和出版界的友人。

攝影集《三江源·歷史跫音》序言

　　我曾經在青藏公路旁沿着沱沱河畔往上游走去，想盡量接近長江的源頭。也曾站在青藏鐵路的沱沱河大橋上遙望各拉丹冬，但見白雲繚繞着的雪山若隱若現。這一帶的海拔已超過 4,600 米，看 6,000 多米的各拉丹冬群峰並不顯得很高，卻依然遙遠而神秘。由於氣候寒冷，河水主要來源於冰川。要是沒有青藏公路和鐵路，這裏和各拉丹冬一樣，常年無人居住，以致在以往數千年間只是偶然進入歷史的記錄。

　　當我到達埃塞俄比亞境內的青尼羅河源頭，看到的卻是另一番景象。在流入塔納湖之前，尼羅河只是汩汩流淌的一衣帶水。這片高原海拔只有 2,000 米，加上氣候溫暖，植被茂密，連尼羅河畔都長滿野生的紙莎草。人口雖不稠密，也不時有舟楫往來，民居在望。人類最主要的發祥地離此不遠，應該不是偶然的。

　　同樣是世界級的大江的源頭，卻因為自然環境的差異而在人類生存和繁衍過程中起着不同的作用。儘管人類的生活和生存都離不開水，人類在早期無不逐水而居，卻還會選擇相對合適的地點，未必離水越近越好，或者必須處於江河的源頭。

本文寫於 2012 年 10 月。白漁：《三江源·歷史跫音》（青島：青島出版社，2014）。

但是人類對地理環境的了解和認識有一個過程，必然中也有偶然。就像在氣候變寒時北半球的人群一般都會向南遷移，卻也有的人群弄錯了方向，誤遷向北方。儘管多數人為之付出了生命的代價，也有人被逼找到了禦寒的辦法，或者發現了比較合適的小環境，最終得以倖存。

　　由於先民對地理環境一般都沒有多少直接經驗，更缺乏整體性的了解，所以會作出今人無法理解的選擇。在考察了古格王國的遺址後，我不禁感慨，當初這支因逃避覆滅的命運而從雅魯藏布江流域遷來的部族，只要再往南走一段，就能翻過山口，進入溫暖濕潤、水量充沛、物產豐富的喜馬拉雅山南麓，卻定居在這高寒貧瘠的險境。但如果設身處地，作出這樣的選擇也十分自然——經過長途跋涉終於擺脫了追擊的這群人已經疲憊不堪，發現這一帶雖然地勢更高，卻有深厚的黃土，可以掘穴而居，足以抵禦嚴寒，也可維持生計。對於習慣於在海拔三四千米生存的人來說，再提高到四五千米也不難適應。當時他們只看到前面檔道的山崗，卻根本不知道山口另一邊還有一片樂土。而一旦定居，非不得已就不會再遷移。

　　正因為如此，即使今天看來並不適合人類生存的江河源頭，歷史上也不乏先民的踪跡，還可能成為一些人群在相當長階段內的家園。羌、吐谷渾、鮮卑、吐蕃、黨項、蒙古等族都曾有人在三江源地區生活。艱險的生存條件也造就了他們超常的生存能力，化解常人難以克服的困難。與此同時，他們又寄希望於超自然的力量，祈求得到神靈的庇佑，神話和原始信仰應運而生。由於外界對他們知之甚少，親歷其地的人幾乎沒有，對這類傳說更平添了神秘色彩，

具有極大的魅力。源於三江源的西王母形象和她無所不能的神力，儘管可能有外來成分，但無疑因當地特殊的自然地理和人文地理環境而變得豐富多彩。中原的華夏諸族更發揮了豐富的想像力，產生了琳琅滿目、美玉滿階、神仙遊憩、崇高聖潔的崑崙，西王母也成了周穆王專程西巡的拜訪對象。

當這種想像上升到信仰時，江河源頭就成了主宰河流命運的神的居所。於是在人們足跡所及的河源，無不先後建起了該河神的廟宇，請河神定期享受人們的祭獻，以便實現他們安瀾永定的期待和風調雨順、國泰民安的願景。歷來多災的黃河為國計民生所繫，河神自然是國家和民眾最應尊奉的神祇。隨着黃河下游的決溢改道越趨嚴重，對河神的祭祀規格也更加隆重，但卻收不到相應的效益。到清朝乾隆年間，終於有人悟出其中道理——由於祭河神的地方離其居所太遠，所以儘管祭儀尊崇，祭品豐歆，河神卻無法享受。乾隆四十六年（1781 年）黃河在江蘇、河南決口，於是次年有了皇帝欽命，阿彌達奉旨率大隊人馬上溯黃河正源卡日曲，在真正的河源與河神溝通。

慣於在高原游牧的蒙古人對河源有自己的想像和意願。至元十七年（1280 年），元世祖召見都實和他的堂弟闊闊出，要求他們一直查到黃河發源的地方，要在那裏建一座城，供吐蕃商人與內地做買賣，並在那設立轉運站，將貢品和物資通過水運到達首都。儘管這座城和轉運站始終沒有建成，但都實等人將黃河的正源確定在星宿海西南百餘里處，並且留下了詳細記錄。

在人類的早期，在不同的群體、不同的地域之間雖然也不無差異，但在生產力普遍落後的情況下，彼此間在生產、生活上的差

距不會很大。就主要由手工創造的物質文明而言，個人的天賦會發揮很大的作用，所以往往不受物質條件的影響，因而在相對窮困落後的社會或自然條件險惡的環境，同樣能產生高水準的文化藝術成果。在青海柳灣，出土的彩陶色彩之豔、形制之全、品位之高、數量之多，大大超出了常人的想像，而已經發掘的還只是遺址的一小部分。

在良渚博物館，我看到過大量精美絕倫的玉器，其工藝之精，比之於用現代工具加工的當代製品也毫不遜色。但據目前所知，那時的良渚人還缺少起碼的工具，更沒有硬度超過玉的金屬工具。有人問我：「他們用什麼辦法，手工鑽出如此小的孔？又能使孔徑如此圓？」我不知道，但卻完全相信他們的可能性。其實，我們所說的良渚人，是指一個相當長的年代，就像「柳灣人」一樣，都有數百年或二三千年。在這樣長和如此多的人中，完全有可能出現一二位或若干位具有超常天賦的人物。如果他們畢生從事某項工作，如製作陶器、玉器，加上多少代人累積的經驗，就有可能突破某一難題，創造出某種有效的工具，或製造出某種全新的產品。而當這些製作與一種信仰聯繫在一起，或者就成為信仰的實踐，人的天賦會發揮到極致。

人類留下的藝術瑰寶都是在適當的機遇下，由天才以其信仰創造出來的，在三江源地區也不例外。

現實畢竟比長期無法實現的理念有更持續的作用。在長期的交往與偶爾的親身體驗後，在江河源頭生存的人群漸漸明白，自己的居住地遠非天堂，在他們可以到達的地方，還有更適宜的家園，於是向河流上中游遷移成為持續的方向，積漸所至，匯為數量可觀

的移民。由三江源地區遷出的羌人，不僅遍佈河隴、關中，還遠徙關東，深入中原。一旦本地遭遇天災，或者受到戰亂驅使，或者中下游因種種原因出現人口低谷，求生的本能和上升的慾望會使更多的人在短期內遷離。其中的倖存者和成功的定居者便永遠離開了故鄉，絕大多數最終融入華夏。也有不少人喪生旅途和客死異鄉，或許只有他們的孤魂能與祖先團聚。

歷史也會翻開相反的一頁，當中下游地區天災人禍頻仍、經歷浩劫時，求生的民眾會遠溯江河，翻山越嶺，尋求避秦的世外桃源。試圖割據的政客、擁兵自保的將領、亂世稱霸的部族首領、揭竿而起的流民難民，紛紛進入以往的蠻荒之地，三江源頭出現罕見的興旺。公元 386 年建立的後涼，已擁有今青海東部。397 年，河西鮮卑首領禿髮烏孤建南涼，並於 399 年遷都樂都（今青海樂都縣），同年又遷至西平（今西寧市），地區政權的行政中心第一次離江河源頭那麼近。西魏大統六年（540 年）吐谷渾首領誇呂可汗在今青海湖西岸布哈河河口（治所在今青海省興海縣東南）。但軍事征服是一回事，能否有效地實施行政統治、是否有必要在人口稀少的遊牧地區設立經常性的行政機構，是另一回事。這兩郡如曇花一現，隋朝以後再未重建，直到近代中央政府才在那裏設立正式行政區劃。

今天，當歷史重新眷顧三江源地區時，它已不僅是人類擴展中的生存空間，也不僅是天然資源的供應者，而是人與自然和諧相處的場所，人類共同珍惜的所剩無幾的淨土，也是時間與空間為我們保留着的先民的遺產。如果說，先民對它的崇敬和嚮往更多是出於

想像甚或恐懼，今天和未來的人們卻是出於理性和追求。江河源頭在人類文明中終於有了應有的地位，屬於它的時代剛剛開始。

與文字記錄相比，以攝影作品反映歷史會有不少難以克服的困難。並非所有的歷史都留下了可供拍攝的圖像，並非所有的圖像都能得到正確的解讀。無論是歷史時期的芸芸眾生，還是那時的風雲人物，大多骨骸無存。當初的金城湯池、宮室苑囿、閭閻巷陌、村落田疇，至多只留下斷垣殘壁。山川依舊，人文全非，攝影家如何追溯歷史、尋找歷史的遺蹟、記錄歷史的回音？

這就要求攝影家具備歷史的眼光，善於發現歷史遺蹟，作出正確的解讀，構成最傳神的圖像，最大限度地顯示歷史真相。這還需要歷史學者的幫助，提供適當的文字說明；特別是對一些具有普遍性的圖像，要是沒有說明，即使專業人員也未必能正確判斷。當然，不同的讀者會對同樣的圖像作不同解釋或不同理解，欣賞能力和程度也有差異，但都能增加歷史知識，增強歷史觀念，愛三江源的今天，也愛三江源的昨天，更愛三江源的明天。

我欣喜地發現本書已達到這樣的目的，於是寫下了這些文字。

為南京擬《世說新語》推介

論文辭優美、簡樸雋永，此書可謂篇篇珠璣，是文學中極品。所錄雖為五六百位各類人物的細節或各種事件的片斷，但兼收並蓄，往往能補正史之遺，且更率真傳神。雖非哲學專著，妙語玄談，虛實僧俗，寓意深刻，境界無窮。欲了解東漢至魏晉南北朝的歷史和文化，理解相關人物的情趣和風尚，體會中國傳統文化的恢宏和精妙，此書必讀。若非有求知或研究的具體目的，此書最宜任意閱讀，不必全讀或按次序讀，可不求甚解，隨心所欲，心領神會，其樂無窮。

2015 年 4 月 23 日是首個江蘇全民閱讀日暨第 20 屆南京讀書節，南京啟動「傳世名著」評選等系列活動。作者以「復旦大學圖書館館長」的身份，向南京推薦《世說新語》。

童年生活中的江南「糞土」

　　李伯重教授〈糞土與歷代王朝興衰的關係〉一文中有關江南「糞土」的敍述，勾起了我對童年生活的回憶，也可印證伯重兄所引的史料。

　　1945 年我出生於浙江省吳興縣南潯鎮（今屬湖州市南潯區）寶善街，1956 年夏遷居上海。因我幼時記憶力頗強，加上一個衰落中的市鎮沒有什麼宏大題材，日常生活反能留下較深印象。

　　從近年發現的《南潯研究》（當時小學生在教師指導下形成的社會調查資料）原稿得知，上世紀 30 年代鎮上已有幾處公共廁所。但到 50 年代初每家每戶還都使用馬桶，倒馬桶便成了家庭主婦或女傭的日常家務。不過，家裏的女人不必親自倒馬桶，至多只要將馬桶拎到家門口，因為每家的馬桶早已由惜糞如金的農戶承包了。每天清晨，都會由固定的農婦或她家的大女孩將馬桶拎去，倒入她家的糞桶後再洗刷乾淨，送回原處。如果主人不介意，也可不必將馬桶拎出，由她直接到房間取。但送回時都送在門口，還將蓋子斜放，開着一半，一則告訴主人馬桶已倒過，一則便於風吹乾洗刷時弄濕的馬桶沿，免得主人使用時不舒服。到 80 年代我第一次

本文原刊於《騰訊網・大家》2016 年 3 月 22 日。

在廣東的餐館用餐，見友人將茶壺蓋打開一半斜放在壺上，得知這是提醒服務員添水，不禁想起那時家門口斜放着蓋子的馬桶，差一點笑出聲來。

也有講究的主婦嫌鄉下人洗得不乾淨，會自己拎到河邊，用專用的馬桶刷子再刷洗一遍。這種刷子一尺多長，用竹子劈成細條紮成，南潯方言稱之為「馬桶甩（音 hua）洗」。如果主婦抱怨，農婦會忙不迭地陪不是，保證明天一定洗刷得更乾淨，因為怕失去一個糞源。我家自然也備有馬桶甩洗，但母親用的次數不多。南潯人在指責別人或自己孩子滿口髒話時，會罵一句重話：「嘴巴要拿馬桶甩洗刷刷了。」

對農家來說，糞源就是肥源、財源，特別是承包馬桶，更是固定的日常糞源，必須確保。按慣例，四時八節，農戶都要給馬桶主人家送時鮮蔬菜和自製食品，過年前送得更多，一般有新米、糯米、雞蛋、雞、肉等。農戶自給自足，送的東西都是自己種的或自家地上長的，如有的農家有片竹子，會送春笋冬笋；有的農民會捕魚抓蝦，會送魚蝦。自製食品一般會有薰豆（毛豆煮熟後在炭火烘乾）、風消（糯米飯攤在燒熱的鐵鍋上用鏟子壓成薄片烘乾）、年糕、粽子、炒米粉等。禮物的多寡雖與農戶的能力及雙方的親疏程度有關，主要還取決於糞源的數量和質量，人口多的人家不止一個馬桶，量大；成年男性多，馬桶中糞的含量高。以承包馬桶為基礎，雙方往往會建立更加密切的關係。農戶為鞏固糞源，防止他人爭奪，會盡力討好主人。主人也會有求於農戶，如家裏有婚喪喜事要採購食品、到鄉下上墳時有個歇腳地、孩子要僱奶媽或寄養、臨時找個傭人或短工、出門搭個航船，都得找熟悉的鄉下人幫忙。而

來家倒馬桶的人天天見面，聯繫方便，又信得過，往往認了乾親，相互以「乾娘」、「過房女兒」相稱，結成比一般親戚還密切的關係。

當地習俗，男人除了使用外不能接觸馬桶，否則於本人與家庭都不吉利；拎馬桶、倒馬桶、洗馬桶都是雙方女人的事。承包馬桶的農戶一般離鎮不遠，都用糞桶將收集到的糞便挑回去，集中在自家的糞缸中。大多是由女人將空糞桶挑到承包戶附近較隱蔽處，倒完馬桶後由家裏男人來將糞擔挑走，也有女人自己挑回去的。有的農戶承包的馬桶多，或者路遠，會搭航船回家，將裝滿糞便的糞桶挑到船上，放在後梢。為了不招致鎮上人討厭，倒馬桶的人一般都起得很早，挑糞的人也盡量走偏僻的小路或弄堂。偶然見到直接將糞便裝在船艙裏的糞船，那是運公共廁所或學校等單位裏廁所的，當然也須要預先訂購。

不過到我離開南潯前一二年，鎮上有了「清管所」（清潔管理所的簡稱），並且出現了由清管所工人推着的統一式樣的糞車。上門倒馬桶的農婦消失了，居民自己將馬桶倒入糞車或新建的公共廁所內。我父母在 1954 年就去上海謀生，我們姐弟雖還住在家裏，卻是由外婆來照料的，我已記不得來我家倒馬桶的人什麼時候開始不來了。現在想來，這大概是農業合作化的結果，糞源歸集體了，農戶自然不能再個別承包倒馬桶。種田開始用「肥田粉」（化肥），糞肥獨秀的格局改變了。

1956 年我也到了上海，隨父母住在閘北棚戶區的一個小閣樓上。每天早上都會聽到馬桶車軋過彈硌路的聲音，大弄堂裏會傳來「馬桶拎出來」的喊聲。母親會隨着鄰居將馬桶拎去糞車倒掉，然後在給水站（公用自來水龍頭）旁洗刷馬桶。有人在馬桶中放一些

毛蚶殼以便刷得更乾淨，於是傳來特別響亮的刷馬桶聲。1957 年我家搬到共和新路 141 弄，住在弄堂底，馬桶車進不來；後來建的倒糞便站也在弄堂口，加上母親早上要上班，只能將倒馬桶包給一位大家稱為「大舅媽」的中年婦女，每月付費 1 元。一次母親與南潯的親戚談及，他們覺得不可思議，家裏的馬桶給她倒，非但得不到好處，還要倒貼錢。「難道收糞的不給她好處？上海人真門檻精！」

在南潯時，親友和同學中沒有大戶人家，住房都不大，大多沒有「馬桶間」，馬桶就放在臥室一角或蚊帳後面。我們從小被教的規矩是，到別人家裏去時不要喝茶，盡量不要用馬桶，特別是女孩子。只有過年可以例外，因為南潯過年待客時要上甜茶（放風消和糖）、鹹茶（放薰豆、丁香羅蔔乾和芝麻），不喝是失禮的。有時小孩喝不完，大人會幫他喝光。但到鄉下去就沒有這樣的限制，因為農家都歡迎使用家裏的馬桶，送肥上門。不用說親友上門，就是路過的陌生人，無論男女老幼，只要說是「借你家解個手」，或「急煞了」，馬上會延至馬桶前。有的農婦還會熱情介紹：「這隻馬桶剛剛刷得清清爽爽」，「汰手水搭你放好了」。草紙當然會放在馬桶旁。如果主人家正好有空，還會泡上茶，留來客休息一會兒。如來客喝了茶，又及時轉化為小便，那就上上大吉，一定會更熱情招待。就是家中沒有人，只要門沒有關上，過路人也可以堂而皇之進屋使用馬桶，主人回來絕不會怪罪。

為了廣開糞源，鄉村的路旁不時可見掩埋着的大糞缸，缸口高於地面，缸緣鋪上一塊木板，供過路人蹲在上面方便。有的還在上面蓋上簡易的稻草頂，為使用者遮陽擋雨；木板前方橫一根竹木把

手，以減輕使用者久蹲的疲勞，並便於結束後起立。但這類簡易廁所總不會全部封閉，大多全無遮擋，使用者在內急時也顧不得那麼多，所以我們在鄉間行走時，不時從後面看到蹲客的半個屁股，或者見到蹺起的屁股正在完成最後動作，早已見怪不怪。我們男孩小便時自然不願站到糞缸上聞臭，隨便在路邊田頭找個地方。要是給農婦看見，一定立即制止，並熱情邀請：「小把戲，乖，到這裏來撒！」或者説：「我這裏有豆，撒好後拿一把吃吃。」如果有自己的孩子與我們在一起，必定招來怒罵：「個青頭硬鬼（音舉），笨得勿轉彎，還勿快點叫兩個小把戲撒在自己田裏！」

　　路旁隨處可見的大糞缸固然是農家上好肥源，可換來滿倉糧食，但也給路人與鄉村本身帶來很大麻煩。一是臭氣薰天，因為糞缸都是敞開的，最多在上面蓋一層稻草。特別是夏天，在驕陽下糞缸中水分與臭氣一起蒸騰，掩鼻而過也受不了。一是不安全，走夜路的人不小心跌入糞缸的事時有所聞。暴雨後糞水橫流，農民在河裏洗糞桶，造成河水污染，而農民為節省柴草，夏天一般都喝生水，用冷水淘飯。糞缸上蒼蠅成堆，農民家中也滿桌滿灶。造成傳染病流傳，又得不到及時防治，常有農民不明不白「生瘟病」死掉。幼時常看到一群人抬着病人從鄉下趕往醫院，有時跟着去看熱鬧，不久就聽到哭聲震天，抬出來的已是一具屍體。

　　到上海後常在暑假回南潯，再到鄉下走走，見露天糞缸逐漸消失，代之以公共廁所。鎮上居民用上了自來水，有了集中處理糞便的水沖廁所，已有人家用抽水馬桶。儘管鎮上人家的馬桶還沿用了很久，但農戶承包倒馬桶從此成為歷史陳跡，只有我們這一代人還保留在記憶之中。

乘飛機
—— 當年的夢想與記憶

現在我幾乎每星期都乘飛機，有時連續幾天往返於機場，國內主要航空公司的里程卡都有，其中有兩張金卡、一張銀卡，累計里程早已超過 100 萬公里。但乘飛機的夢我曾經做了二十多年，直到 1981 年我 36 歲時才第一次乘上飛機。

我讀小學六年級前生活在浙江吳興縣的南潯鎮（今屬湖州市南潯區），「飛機」這個詞是從課本上學到的，飛機的形象是在連環畫中看到的。抗美援朝戰爭期間，聽到空軍英雄張積慧的名字和事跡，也聽到了美國王牌空軍駕駛員的飛機被擊落的消息。偶然聽到空中的響聲，大家會跑出門看飛機，那時飛機飛得慢，一般都能看到它從上空飛過。有一次飛機飛得很低，可以看見機艙的模樣，有人說是從嘉興的軍用機場飛過來的。

六年級起轉學到上海，慢慢知道在龍華和大場都有飛機場，但一直沒有機會去看一下。那時放電影前往往加映新聞簡報，以後還有了專放新聞紀錄片的紅旗電影院。我喜歡看新聞片，經常會見到

本文曾以〈我曾做了二十多年的飛機夢〉、〈80 年代乘飛機遇到過的尷尬事〉、〈35 年前乘飛機的窘事〉為題分別刊於《騰訊網·大家》2015 年 12 月 11 日、2016 年 2 月 16 日、2016 年 3 月 24 日。

國家領導人與外賓走下飛機舷梯的場面，有時還會見到大型客機起降和領導人坐在機艙內的畫面。特別是看周恩來總理訪問亞非十多國的彩色新聞紀錄片，見到他坐在艙內，旁邊的舷窗外有旋轉的螺旋槳和藍天白雲的景象，有時不禁做起了坐飛機的夢想——什麼時候也能坐上飛機，哪怕只是在空中轉一圈也好。

那時我們的印象中，乘飛機是領導人和外賓的事，與一般人無關。直到我高中畢業後當了中學教師，接觸到的人中間，無論是上級、同事、家長、親友，還沒有聽說有誰坐過飛機。文革開始後，「紅衛兵、革命師生大串連」中我到了北京、南京，有的同事和學生到了大半個中國；「清理階級隊伍」時我參與單位的「外調」（去外地、外單位調查），天南地北走了二三年，乘過火車、汽車、輪船、卡車、軍用車、拖拉機、自行車；卻從來沒有動過乘飛機的念頭，也不知道怎麼才能坐飛機。1969 年夏天，一位女同事得到在四川德陽的丈夫患病的消息，急於趕去，上海去成都的火車卻因故停運，心急如焚。我們幫她打電話到民航站，得知上海隔天有飛成都的航班，票價 116 元，可以憑單位介紹信和本人工作證購買。原來，革命群眾（要是「階級敵人」或「審查對象」肯定開不到單位的介紹信）有錢就能坐飛機。但當時上海的大學畢業生實習期滿的起點工資每月 58.5 元，大學講師是 65 元，一般青工是 36 元，這錢可不是輕易敢花的。果然，那位同事猶豫再三，還是捨不得花兩個多月的工資坐飛機。

1970 年，我工作的古田中學，被閘北區革命委員會外事組選為外事迎送單位，在學生中訓練組成一支腰鼓隊。我因分管學生工作，經常作為帶隊教師之一執行任務。迎送最多的是西哈努克親

王，經常是在北火車站和沿途路旁。以後隨着外賓的增多和這支迎賓隊質量的提高，有了去機場的機會，並且往往會排在最重要的位置。

第一次近距離看到飛機降落，是到虹橋機場迎接南斯拉夫一個代表團從南京飛來。那天陰雲密佈，我們的隊伍兩次已排列在停機坪上，又兩次拉回休息室。那時機場上一個下午沒有一架其他飛機起落，候機室裏也沒有見到其他人。時近傍晚，終於見到一架雙螺旋槳客機在遠處着陸，並且滑行到我們面前。艙門打開後，放下一個小梯，外賓一一下梯。在一片鼓樂聲和「熱烈歡迎」聲中，我的眼睛始終盯着那架飛機，因為這是我第一次與一架飛機離得那麼近。

1971 年 10 月，迎賓隊奉命去虹橋機場，參加歡送埃塞俄比亞皇帝海爾‧塞拉西一世的儀式。在事先召開的領隊會上聽到介紹，這位皇帝的隨員很多，其中包括有一位在代表團中排名第三的人物為他牽一條愛犬。我們向學生傳達了這些內容，以免大家到時會大驚小怪。那天到機場後，發現到處是軍人，而且都穿陸軍服，連王洪文（時任上海市革命委員會副主任）也穿上了軍裝。事後才知道，因林彪事件陸軍接管了機場，而王洪文已被任命為上海警備區政委。

我們的隊伍被排在專機前面，我站的位置正對着舷梯。浩浩蕩蕩的車隊直駛到專機前，我數了一下，足足一百餘輛，大多是上海牌轎車。周恩來總理和塞拉西皇帝下車後，並肩步向舷梯，皇帝身後果然有人牽着一條狗。周總理陪同皇帝登上專機，張春橋（中

共中央政治局委員、上海市革命委員會主任)、王洪文等站在舷梯前送行。車隊上下來的眾多人員全部登機後,周總理又走了下來,和張春橋講了好一回話後才重新登機。那次是我離一架大型客機最近、觀察時間最長的一次,可惜由於機艙門位置高,儘管一直開着,卻看不到艙內的景象。

1978 年 10 月我成了復旦大學歷史系研究生,師從譚其驤先生,1980 年下半年起學校讓我當他的助手。譚先生在腦血栓形成治愈後不良於行,外出開會我得隨從。當時教授出行乘火車可以坐軟臥,乘船可以坐二等艙;按財務制度,我只能坐硬臥、三等艙。但如果譚先生乘飛機,我也可以陪同,這樣就給我提供了破格乘飛機的機會。

當時購機票只能到陝西路民航售票處,而且只有「中國民航」(CAAC) 一家。大多數航線是每星期幾班,只有像北京、上海之間才每天有航班。我們得先到校長辦公室開一張證明,帶上自己的工作證,才能去購票。第一次乘飛機時是否由我自己去購機票,已經記不清了。但以後一般都是我去陝西路民航站購票,民航售票有代理是多年以後的事。

1981 年 5 月 13 日,譚先生赴京出席中國科學院學部大會,他的日記中記錄如下:

> 早五點一刻起床,五(點)半葛來,六點出租汽車到,出發赴機場。候車場遇劉佛年(華東師大校長)一行。七點許登機,卅五分起飛,九點十分到北京機場。地學部孟輝在場迎接,等行李,約一小時始取得。

由於是第一次乘飛機，我的印象也很深。早上 4 點一過就從楊浦區平涼路家中出發，轉兩路電車到淮海中路譚先生家。出租車是譚先生憑「特約卡」（當時出租汽車少，出租汽車公司給一些照顧對象的優先服務）電話預訂的。那時去機場沒有公交車，只能到陝西路民航購票處乘班車。虹橋機場只有一個不大的候機室，但因航班少，乘客都能有座位。我預先打聽了乘飛機的手續，所以辦登機牌、寄行李都還順利。廣播通知登機後，有人引導乘客由候機室出門，下台階，乘上擺渡車，到停機坪的飛機前下車，再上舷梯進機艙。譚先生與劉佛年等人就是在上車前遇見的。譚先生右手柱着拐杖慢慢走，登梯時我得在左邊扶着他。

　　這是一架三叉戟客機，中間是過道，兩邊每排各有三個座位。譚先生的座位靠窗，我的座位在中間，但他讓我坐在窗口，自坐中間，以便出路方便些。我自然求之不得，坐定後就貪婪地看着窗外。飛機在滑行一段後加速，窗外的景物急遽倒退，突然窗外的一切向前傾斜，飛機騰空而起。這使我想起五歲時第一次乘輪船離鄉時的情景，忽然見岸上的人後退了，才明白這是船向前移動的結果。那天天晴少雲，飛行平穩，沿途的景觀看得很清楚。因為時間不長，譚先生沒有上洗手間，我的觀賞一直沒有中斷。平飛後服務員送過一次飲料，每人發了一份糖果。我因為專注於窗外，喝了什麼吃了什麼都沒有留下印象。

　　到北京後取行李花了近一小時。那時寄、取行李都是手工操作，寄行李時服務員手工寫行李牌，一塊交給旅客，一塊繫在行李上。取行李時也得交驗行李牌，然後才能一一取走。多數機場還沒有行李輸送帶，是由行李車一車車運來，一車車卸下，再由旅客

認領。一些小機場上旅客等在飛機旁邊 ，直接在卸下的行李中取走。那時旅客的行李也各式各樣，皮箱、帆布箱、木箱、紙箱、包裹，什麼都有，完全一樣的箱子也不少，經常遇到行李牌脫落、行李散架或行李裝錯的事。很多人都是到出國才買行李箱，我也是到1985年第一次出國時才買了第一個行李箱。

我隨譚先生乘上中國科學院來接的小汽車，直駛京西賓館。以後我自己乘飛機時都是坐機場的班車去民航售票處，開始時在隆福寺，以後遷到西單，再往後才有公交專線車。那時還沒有機場高速公路，只有那條雙車道的機場路通往東直門外，兩旁是密密的楊樹林。因為來往車輛有限，非但從不塞車，而且顯得非常幽靜。

6月1日從北京返回，據譚先生日記：

> 八（點）半出發，同車廣東民所黃朝中。九（點）半許到機場，十一點餐廳吃飯，十二（點）半起飛，二點到合肥，二點四十分合肥起飛，三點二十（分）到上海，約4點到家。

我再乘電車回家，近6點才到，花了整整一天。這一天京滬間只有兩個航班，因為我們是從香山別墅出發的，來不及趕早上一班，只能乘下午這班，得經停合肥。這是因為中國科技大學在合肥，科學家、教授經常要往返於北京合肥間，但省會城市還不能天天有到北京的直達航線，京滬航線經停合肥是為了照顧他們。

因譚先生不良於行，不便下蹲，在旅途多有不便，為了縮短旅行時間，他一般都選擇飛機。我因此獲得更多乘飛機的機會，最多的一年有十餘次，所以有了各種愉快的和不愉快的經驗。

開始時最好的民航機是往返於京滬間的三叉戟，以後才淘汰，改為波音和空客。多數航線還用伊爾 18、安 24、安 14 等，後來又有了圖 154。伊爾 18 的噪音極大，特別是坐在第四排（或第五排）靠窗的座位，實際那個座位旁是沒有窗的，又靠近螺旋槳，就像坐在一個鐵箱裏，一直伴隨着震耳的噪音和劇烈的顛運，又看不到任何窗外的景象，實在難受。安 24 雖然較小，坐得卻比較舒服，兩排 48 座，過道一邊兩座，進出方便。飛行高度只有幾千米，遇到少雲時看地面一清二楚。缺點是航程短，當年 10 月 17 日隨譚先生去西安，途中就停了兩次，譚先生的日記有記錄：

> 早五點三刻起，葛來，六點半出發赴機場。七點三刻起飛，八點五十到南京，機場休息半小時，大便。再起飛，十一點五分到鄭州，機場午飯。十二點起飛，一點二十到西安。

以後一次從長春回上海時，先乘安 24，經停瀋陽，再到北京，轉機到上海。從烏魯木齊去喀什時，也經停阿克蘇。

經停時如正值用餐時間，機場免費供餐。那次我們過鄭州機場，就在候機室用餐。旅客不多，可二三人自由組合，送上四菜一湯和米飯饅頭，不比一般餐廳差。較長航程又值用餐時間，飛機上也供餐，那時覺得比平時的伙食好。一般旅客對塑料餐具很新鮮，用完餐後都將匙、叉用餐紙擦乾淨後帶回家。但碗盤是要再次使用的，有的旅客也悄悄留下，空姐在配餐時少不了一次次提醒，還得提高警惕，及時發現。首次乘飛機的旅客往往不敢吃飯，怕嘔吐。實際上有人既不習慣又緊張，不吃不喝也會嘔吐，那時坐飛機經常遇到坐有附近甚至鄰座的旅客嘔吐。1982 年 8 月我與周振鶴從上

海乘飛機去烏魯木齊，途中用午餐，坐在旁邊的維吾爾旅客大概怕所供不是清真食品，直接遞給我們。

上世紀 80 年代我剛開始乘飛機時，除了北京的首都機場外，一般機場離城市都不遠，有的機場就在城邊。記得有次從上海乘飛機去南京，降落在大校場機場，乘上來接的汽車，很快就到市中心的賓館。那次去西安，飛機下降過程中在城樓掠過，馬上就在跑道落地。首都機場的地點沒有變過，離市中心最遠，就是一條雙車道的公路進城。

但以後新建的機場離城市越來越遠，蘭州中川機場離城 80 公里，拉薩的貢嘎機場差不多有 100 公里。那時還沒有高速公路，好像也沒有出租車，即使有的話，我們也用不起。所以往返機場只能到民航售票處乘班車，或者從機場乘班車到售票處後再轉車他處。連同等候時間，一次至少要花三四個小時。這兩個機場規定，如果乘上午的航班，必須在前一天下午乘班車到機場，在機場賓館或招待所過夜；如果是乘下午的航班，也須要乘清晨的班車去機場，天不亮就得到售票處候車。有一次，蘭州的售票處要求我們前一晚就要住在民航招待所，才能保證乘上第一班班車。這些賓館或招待所無不質次價高，但因床位緊張，別無選擇，乘客只能接受。這些費用都不包括在機票之內，我就遇到過有人在到達機場時才發現口袋裏已經沒有付住宿費的錢了。

貢嘎機場不僅離城市最遠，而且海拔最高，氣候條件最差，加上當時機場設施和客機的性能都比較落後，所以不得不採取特殊的登機方式。1987 年夏天，我從貢嘎機場乘飛機往成都，在辦妥登機手續後，全體旅客被要求攜帶全部隨身物品提前在停機坪旁排

隊，席地而坐等候。等到達航班停下，旅客都下機後，幾位工人以最快速度做好清潔。等在舷梯口的旅客立即登機，工作人員不斷催促，等最後一位旅客上機，艙門立即關閉，飛機就開始滑行。我當時不明白為什麼如此緊張，後來才從一位機場工作人員處得知，由於貢嘎機場特殊的地理位置，經常為雲霧籠罩，適合起降的窗口時間很短，如果停機時間長了，很可能喪失起飛時機。有時旅客提前坐在停機坪旁，卻沒有等到來的航班，因為飛機降不下來，不得不返航。也有時旅客雖抓緊時間登機完畢，氣候條件卻已經不適合起飛。

　　這種情況我以後又遇到過。那是 2000 年 12 月，我參加中國第 17 次南極考察隊去位於喬治王島上的南極長城站。我們最後一段航程，是從智利的彭塔阿雷納斯乘智利空軍的運輸機去島上的智利弗雷總統基地機場。由於島上惡劣而複雜的氣候條件和機場導航設施的簡陋，適合起降的窗口很小、時間很短。據說有的旅客曾連續三天等不到唯一的航班起飛，也有的航班已經飛臨喬治王島上空，卻因一直等不到這個窗口而不得不返航。這是常有的事，所以在出發前已經給我們打了招呼，當天不一定走得了，也不知道得等幾天。我們很幸運，出發那天飛機按預定時間起飛，並且順利地降落在基地機場。但到 2 月份返回時就沒有那麼順利了。那天長城站全站出動，因為中央慰問團乘當天航班到達，我們幾個人乘此航班返回。我們一早就將行李集中，騰清房間供接待代表團。近中午時聽到了飛機的轟鳴，又看到那架運輸機在上空盤旋。可是等了好一會，漸漸聽不到飛機聲了，稍後機場傳來信息，因無法降落，飛機已返回彭塔阿雷納斯。我們只好重新打開行李，還不知道第二天能

否成行。中央慰問團往返於北京南極，行程長，須多次轉機，成員多。其中還有幾位部級領導，遇到這種情況，考察站和駐智利的辦事處應付不迭，束手無策，慰問團只能縮短在島上停留時間。此前我接待過韓國的科技部長，他也因為航班無法降落而推遲到達，只能在島上停留幾個小時，原定的訪問計劃取消，只能來站與我作簡短交談後就去機場。

在首都機場建成衛星廳（現在的第一航站樓）之前，全國的機場還沒有使用登機橋或廊橋的。大一點的機場一般用擺渡車（但那時不用這個名稱）將旅客從候機室送到航班的舷梯前，小機場就得從候機室走到舷梯登機。遇到寒暑雨雪或異常天氣，這段不長的路也會有不小的麻煩。夏天氣溫高、陽光強，沒有任何遮擋的水泥停機坪被上曬得火熱，腳踩着發燙，手扶舷梯欄杆也受不了。有的機場風特別大，不止一次看到有的旅客的帽子被吹跑，有位旅客拿在手裏的登機牌被吹飛，差一點登不了機。有時擺渡車到了飛機附近，突降暴雨，旅客下不了車，只能在車上等候。有一次雨不止，大概飛機一時也不能起飛，擺渡車駛回候機室，讓旅客下來等候。由於等行李時間長，有的旅客帶的東西實在多，不少人都隨身帶着大包小包，為了登機後能有地方放，下車後就蜂擁而上，擠滿舷梯。我陪譚先生乘機時，因他不良於行，我左手得扶着他，右手方能拿些隨身物品。我們下車或從候機樓步出時都比較慢，被其他人一擠，每次都是最後登機，等我們到座位時，行李箱早已塞得滿滿的，冬天連脫下來的大衣都塞不進去。所以我寧可多花些時間等取行李，也要將一切能寄的行李物品託運。

那時的飛機起飛前不開空調，夏天進入機艙就像一個大蒸籠，旅客無不汗流浹背。就是春秋天，在陽光強烈時機艙內也會熱不可耐。機上的小禮品往往就是一把小紙摺扇，上面印着「中國民航」和「CAAC」的標誌。旅客坐定，艙內一片搖扇聲。待飛機升空，冷空氣由座位上方行李箱旁噴出，形成一片白霧，艙內溫度隨之逐漸下降，卻引起初次乘機的人的緊張，以為飛機漏氣或出了什麼問題。

繼首都機場衛星廳後，一些大機場陸續建起了廊橋和登機橋。現在，除了省會城市以下一些航班少、客流小的機場外，幾乎都有了登機橋。但遇到航班調配不正常或起降集中時，一些航班還是靠不上登機橋，只能在停機坪上下客，機場裏稱之為「遠機位」。還有的航空公司為了節約開支，特意選擇遠機位，每個航班可以少付給機場費用。國內外一些大機場由於航班密集，或者為了便於旅客長距離往返於不同的航站樓之間，經常有一些航班要停在遠機位。除了都提供快捷舒適的擺渡車外，有的還有更周到的服務。如巴黎戴高樂機場用的擺渡車很特別，可以用液壓設備頂升到與機艙門對接，旅客直接步入車廂，客滿關門後再降至平地，馬上駛往對應的航站樓；旅客始終在「室內」，不受風雨寒暑影響。

但登機橋有一定的高度，只適合大中型飛機，小型飛機靠不了。旅客須要從登機橋旁的樓梯下到平地，或者到底層候機室，再乘擺渡車登機。美國的支線航班一般都使用小型飛機，都是用擺渡車直接送到飛機前，舷梯很短，是從飛機上放下來的。旅客登機完畢，乘務員拉上梯子，關上門，飛機就滑行上跑道了。由於調度

合理，效率高，又只有二三十位旅客，乘這類飛機比乘大飛機還省時省力。

文革期間我們到機場迎送外賓時，曾經規定一條紀律：機場裏不許照相。這條規定得到百分之百的遵守，因為迎賓隊的老師和學生誰也沒有照相機，自然不會有人去機場照相。我的印象，1983年我開始乘飛機時，登機過程中也沒有人照相，或許是因為乘客中帶照相機的人不多，而有照相機的人大概早已拍過照了。不知從什麼時候開始，在登機過程中照相的人多了，上了飛機照相的人就更多了。多數人請人為自己拍照，或者相互拍照，也有人專門從飛機照風景。初次乘飛機的人往往一登機就急着拍照留念，有一次見一位年輕人一上飛機就坐在頭等艙座位上，空姐正要詢問，卻見他揮手示意，原來正由同伴為他照享受頭等艙的照片。

我乘飛機都喜歡坐在靠窗一排，早期不能訂座位，也沒有選座系統，所以在辦登機手續時總是要求盡量給靠窗座位，前後不論。等我有了照相機，如果預計能拍到好的景觀，就提前作好準備。但從飛機上拍攝受多種因素影響，成功率很低，不僅需要天氣清朗、能見度高，還要有合適的時機、角度與光線。儘管如此，這些年來我還是拍到了長城、長江口、天山、富士山、阿爾卑斯山、塞納河兩岸、阿拉斯加海岸、鹽湖、西雅圖旁的雪山、大峽、芝加哥等城市鳥瞰，有的自以為相當完美。

有的機場是軍民合用，往往不許旅客在機場照相，或者不許向某一方向拍照。國外機場也是如此，2015 年在非洲一個機場就見到這樣的規定。2011 年 7 月，我們從赫爾辛基乘包機在俄羅斯的

摩爾曼斯克機場降落，大概這個機場也有軍用部分，所以下機前特別有人上來宣佈規定不許照相。但這機場異常簡陋落後，辦入境手續的地方像庫房，效率極低，等候時間很長，有人閒得無聊，還是照了相，實際根本無人管。

在 1981 年我剛開始乘飛機時，機艙內是不禁煙的，所以每個座位一旁扶手上有一個小格，推開上面的小蓋就能放煙灰。飛機上發的糖果點心中偶爾還有香煙，是五支裝的小盒，據說頭等艙裏每次都發香煙。後來改為將吸煙乘客集中在客艙後部，換登機牌時會問是否吸煙。既然允許吸煙，自然不能限制帶火柴或打火機。外國航班開始禁煙後，中國民航容許吸煙還維持了一段時間，往返日本的航班因此增加了不少日本乘客。因為日本的航班已經禁煙，日本煙民為了在旅途能吸煙只能乘中國航班。即使在中國航班開始禁煙後，國內的候機樓一般還有吸煙室或吸煙區，而歐美的機場大多嚴格規定室內不能吸煙，朋友中的煙民在出國或國際轉機時叫苦不迭，有的至今還不適應。

80 年代乘飛機時幾乎沒有安檢的概念，我記得在辦登機手續的櫃枱旁有一張告示，說明哪些東西不能帶上飛機，寄行李時有時會問一下是什麼東西，但沒有什麼檢查，更沒有安檢儀器或設備。對帶茶水登機沒有限制，那時還不大有保溫杯，有的乘客拿着一個裝滿茶水的大玻璃瓶。以後開始有了對乘客和行李的安檢，並且越來越嚴格，禁止的範圍也越來越廣。如飲料茶水，開始時只要當着安檢員喝一口就能帶入，以後大多完全禁止。

中國的安檢特色還一度包括對乘客的限制。卓長仁劫機案發生後，民航規定乘客購票不僅應持有廳局級以上單位的證明，還必須

由廳局長簽名蓋章。我們復旦大學出差乘飛機的人多，本來只要到校辦開介紹書就可以了，這下子都得找校長謝希德教授簽字，她不勝其煩，但又不能不簽。好在實行不久就恢復原規定了。一時乘客大減，正好譚先生與我乘上海去瀋陽的航班，飛機上幾乎沒有幾位乘客。

最嚴格的安檢還是九一一事件後的美國機場，包括飛往美國的航班。九一一不久我去美國，發現它的國內航班安檢比國際航班還嚴格，航空公司提醒乘客提前二小時甚至三小時辦登機手續，經機場前的路上會有對車輛和人員的檢查，裝甲車、荷槍實彈的特種兵、警察、警犬隨處可見。等待安檢的長隊一直排到候機樓外面，誤機的乘客和晚點的航班不時可見。安檢的手續極其繁瑣，對「特殊乘客」已無隱私可言。對行李稍有疑點，就會移到隔離區（乘客絕不許進入或靠近）徹底翻檢，任何鎖具封帶一律打開，包裝全部拆開。乘客取回箱包和凌亂的行李後，往往再也無法放入或關上，有些被撕毀精緻包裝的物品已不能再當禮品，我親眼見到有人就扔進垃圾桶。輪到重點檢查的人更煩，得帶着隨身物品隨安檢人員到一旁的隔離區或隔離室，先查遍全身，再遠觀檢查隨身物品。重點對象或隨時指定，或在登機櫃枱上方告示牌上公佈姓氏，乘頭等艙、商務艙的也不例外。有一次我在幾個航段都被抽到，不禁向警察抱怨，得到客客氣氣的回答：「這是隨機抽的，沒有任何歧視。」不過實際上對外國人、某些服飾相貌的乘客被抽到的更多。美國人對液體查得特別嚴，有一次我忘了將保溫杯中的茶水倒乾淨，過安檢取出杯子時才想到。剛想倒掉，安檢員一把欄住，問裏面是什麼東西，我告訴他是茶，表示可以喝一口。他二話不說，取過杯子就

往裏走。等了好久才見他回來,將倒空的杯子還給我,顯然是作了化驗或鑒定。在中國機場,經過安檢進入候機區後就不禁止帶飲水了。由於國際航班供開水不足,乘客往往會泡上一杯茶帶上飛機,多數國際航班是允許的,唯有飛往美國的航班例外,在登機橋前安排專人檢查,對飲料茶水一律收繳或倒掉,最客氣的做法也是倒掉水,留下茶葉。

經常聽到乘客抱怨:「看來不讓我們乘飛機了。」「乾脆將機場關了,免得我們受罪。」但在行動上誰也不敢有絲毫不服從配合。只要想到恐怖活動的慘痛後果,再嚴厲的安檢措施也不過分了。當我看到電視新聞中那架從波士頓洛根機場飛往西雅圖的出事飛機,立即想到一個月前我正是乘這一航班由波士頓到西雅圖轉機回國的。聽說上海一位教授全家就是 9 月 10 日乘同一航班離開波士頓回國的,要是晚一天,結果不堪設想。

除了恐怖活動的影響外,乘飛機還是最安全的出行方式。每次空難後,同一航線、同一機型往往乘客銳減,有的不得不臨時停飛。有的朋友問我:「你怎麼還敢坐?」當然有時是因為沒有替代的交通工具,但我一直認為空難本身是極低概率的事故,而在空難發生後,同一航線、同一機型必定會採取更可靠的保障措施,應該比平時更安全。三十多年來,我的航程大概已超過 100 萬公里。遇到過最緊張的經歷還是劇烈的氣流。印象最深的一次是 1992 年從昆明飛成都,開始時還只是劇烈抖動,不久就變成猛然大幅度上下,機艙內一片驚叫。乘務員強作鎮靜,也掩蓋不住緊張的臉色。剛安定下來,突然又感到更大幅度的下墜,接着又急速上升。終於

等到飛機落地，大家如釋重負，夜裏躺在床上竟感到從未有過的疲勞。還有一次是上海市出席全國政協大會的包機，遇到強氣流時大家正開始用餐，這架空客大飛機上下起伏，放在餐桌上的飲料都溢出杯外，拿在手裏也止不住。京滬航線極少遇到這樣的情況，空乘人員不停地安慰乘客，但也不得不停止服務。這時我見機長從駕駛艙出來向領導彙報，已經申請升高，到萬米以上就沒事了。果然，飛機很快平穩，大家可以安心用餐了。

　　民航機座位上一直有安全帶，起飛前空乘都會提醒乘客繫上安全帶。但一開始乘客往往不以為然，空乘也不嚴格檢查。那時乘客中有不少是領導，空乘常用「首長」相稱，也不敢檢查。我就聽到過鄰座有人洋洋得意地說：「我坐那麼多回飛機，從來沒有用過這玩意兒。」也親眼看到有人將安全帶放在腰間，卻並不繫上，等空乘一過就鬆開了。但那時在飛機升空改平飛後就可以解開安全帶，並不建議乘客全程使用安全帶，國際航班也是如此。以後出了幾次因氣流引起的大事故，如東航一架飛美國航班在太平洋上空遇到強烈氣流，飛機急劇下降 2,000 多米，正在服務的空姐被撞成植物人，沒有繫安全帶的乘客被拋上艙頂受重傷，飛機不得不緊急降落。外國航班也出過這類事故，所以現在的航班除了在起降時嚴格檢查乘客安全帶是否繫好，還建議或要求乘客全程繫安全帶，有的國際航班還要求商務艙旅客在睡覺時將安全帶繫上，放在被子外面。2000 年，我從智利彭塔阿雷納斯乘智利空軍的運輸機去我國南極長城站所在的喬治王島。艙內是幾排長條凳，沒有正規的安全帶，但每人坐的地方兩邊都有帆布帶，起降時可繫緊。2015 年乘

東航剛使用的空客大飛機，頭等艙內可拼成一張雙人床，我不知道兩人在睡在那裏是否須要分別繫安全帶，或許如此豪華的艙室已經另有安全設施。

這些年航班晚點成為媒體的熱門話題，實際上航班晚點或臨時更改一直有，只是以前乘飛機的人少，航班更少，所以一般不會引起外界注意。1983 年 7 月 31 日，我隨譚先生從長春返回上海，航班原定 7 時 50 分起飛，經停瀋陽，11 時到北京，下午有好幾班京滬航班，肯定能回到上海。我們起了個大早趕到機場，得知由於前一天飛機沒有到，不能準點起飛，只能在候機室耐心等待。那時長春機場沒有什麼航班，等早上的航班飛走，候機室就只剩我們兩人了。吃完早餐，以為等一回就能登機了，誰知吃過午飯還不知飛機蹤影。直到 4 點半才起飛，5 點 1 刻到瀋陽，8 點 1 刻才到北京。雖然在瀋陽機場也安排了晚餐，還不至挨餓，但京滬最後一個航班已經飛走，連售票櫃枱也關了。那時沒有手機，臨時無法找住處。我打聽到離機場最近的旅館是那家在機場路旁的機場賓館，先到那裏訂了房，再回機場接譚先生去。第二天一早再去機場售票處，買到 8 點 20 分的機票，總算在午前回到上海。本來長春會議的主辦方建議乘火車回上海，譚先生因為在火車上過夜不方便改買機票，結果比乘火車花的時間還多，人也更累，他在日記中感嘆「弄巧成拙」。

另外兩次則是遇到異常氣候，屬「不可抗力」，卻被我遇上了。1988 年冬天也是隨譚先生由北京回上海，我們是傍晚的航班，雖然天氣預報說晚上有雨雪，我們以為能趕在雨雪之前。到了機場才發現候機室裏人山人海，由於北方已大範圍降雪，很多航班

晚到或取消。加上機場已降凍雨，跑道結冰，往南方的航班一時也難起飛。送我們的車已經離去，想回招待所也回不了，好不容易給譚先生找到一個坐的地方（不是椅子凳子），我守在櫃枱等消息。8點多登機，乘客們慶幸不已。機艙門關上後卻不見動靜，再等了回聽到廣播，要求乘客全部回候機室等候。當晚肯定走不了，也沒有任何工作人員來安排食宿，進城的班車已停開，偶然出現的一輛出租車立即成為人群爭奪的對象。天無絕人之路，我遇到了同一航班的一位軍官，他說有車來接他進城，但沒有住的地方，我請他帶我們到海運倉招待所，我們可以安排他住宿，我知道我們會議的房間還沒有退，有好幾間空着。機場路已經積雪，我們坐的車不止一次出現打滑，有一次已經繞了半個 S，途中還看到有兩輛車滑出路面，陷在雪中。回到招待所已過午夜，睡了幾個小時又得不停往機場打電話詢問航班何時起飛。撥號後十之八九是忙音，偶然接通也無人應答，直到午後才得知明天早上可到機場等候。第三天中午到虹橋機場，又遇到了難題，因為事先不知道到達時間，無法通知學校的車來接。機場出口處沒有出租車，連公用電話也沒有，只能扶着譚先生艱難地擠上民航班車，再改乘公交車回家。

三年前的初夏，我乘晚上的航班去合肥。候機室遇到一位朋友，他問我為什麼不乘火車，我告訴他白天有事，而晚上沒有動車，我還不無自信地說：「還是乘飛機方便，不到一小時就到了」。剛與朋友告辭，就得到晚點通知，我並不着急，反正平時睡得晚，再晚到也不影響明天上午開會。12點多飛機終於起飛，半小時後我發現情況不對，照理該開始下降了，怎麼還不見動靜。果然，空乘悄悄告訴我，因合肥雨太大，飛機降不了，決定改降武漢。在傾

盆大雨中駛進武漢市內一家賓館，上床時已是凌晨 3 點半。早上不敢晚起，吃過早餐就不時打聽消息。等不及的乘客決定改坐動車，但後來又回來了，說是路上積水太深，汽車進不了車站。原定合肥的會是上午開的，是否趕得上對我來說已毫無意義，現在只考慮如何回家。下午 3 點終於坐上去機場的大巴，路上也是走走停停，有幾處積水都是涉險而過，熄火的小車隨處可見。辦登機牌時得知，我們的航班還是飛合肥，而不是返回上海。我與櫃枱人員交涉，要求改簽去上海的機票。我告訴他們，原來我訂的是下午回上海的機票，現在再去合肥，說不定今天已經沒有回上海的航班，再得等上一天，而東航正好有武漢飛上海的航班，為什麼不能通融？實在不行，我就買一張去上海的機票，將其他兩張票退了不行嗎？我只好掏出證件：「我是你們的 VIP，讓你們主管來，必須給我解決。」經過請示，總算同意給我改簽上海。花了差不多 30 個小時，除了中間睡了三四個小時外，全部花在途中，卻根本沒有到過目的地，這是平生唯一一次，但願是最後一次。

在國外航班也經常遇到晚起飛，一般時間不長，往往到達時已基本趕回來，甚至會早到。即使時間長，乘客也波瀾不驚，一則大家理解航空公司肯定有不得已的原因，一則一旦晚點都會有周到的安排。第一次遇到是在美國丹佛機場轉機，一宣佈航班要晚點一個多小時，就給每人一個密碼，可以到旁邊公用電話上打一次免費電話，另有一張免費飲料券。另一次由波士頓經西雅圖、東京回上海，因東京大雪飛機改降大阪。當晚給全部乘客安排高標準食宿，提供免費國際電話，第二天在東京轉機時每人發一張 1,500 日元的免費餐券。還有一次是因為我所乘的前面航班晚點，沒有趕上同一

航空公司的下一程航班，除給我改簽最近的航班外，還送了我一張一年內使用該公司航線美國國內任何地點間的往返票。當時我頗高興，似乎因禍得福，實際上這張免票只能是一件紀念品，因為我既沒有一年內在美國因私旅行的機會，而有次想利用它節省因公出訪經費時才明白，必須在美國國內辦理手續，而且不能保證時間、航班是否合適。

從 1981 年至 1985 年，我都以為機票都是一個價，也不知道還有不同的折扣。1985 年 6 月我去上海民航買去紐約的機票，我按兩張成人票、一張半票（二分之一）付款，卻被告知錢不夠，才知道我訂的全票屬於 Y 艙，是有折扣的，而為女兒訂的兒童半票是全價的二分之一，不是折扣後的半數。從我家到售票處要換三次車，回家取錢肯定來不及，只能到附近譚先生家中向他借錢。到美國後知道可以通過旅行社買機票，而價格五花八門，有各種選擇。我讓旅行社給我訂由波士頓往返芝加哥的機票，收到多種方案。其中最便宜的不到一百美元，是從波士頓先飛達拉斯，再飛芝加哥，返程還得轉一個地方，單程得花十幾個小時。我選了直達的早班，價格適中，只是很早就得出發。如果選好的時段，價格幾乎貴一倍。那時還沒有互聯網，好在美國打電話和開支票很方便，電話商定，將個人支票寄去，機票就寄來了。1986 年 6 月回到國內，連電話訂票的服務還沒有，哪想到二十多年後也可以通過互聯網在全世界找折扣機票了。

1981 年從上海到北京的機票價 64 元，多年不變。第一次漲到 90 元，以後 100 多，再以後我也記不住了。1988 年，譚先生的老友、四川大學歷史系的繆鉞教授邀他去主持博士生答辯，並告訴譚

先生已向系裏申請到包括我的機票在內的經費。他們倆都已 80 上下，多年未見，都盼着有這次機會。就在我準備購機票時，機票漲價的消息公佈了，而且幅度頗大。我與譚先生商量，川大歷史系未必能按新價報銷機票，不如主動提出不去，以免對方為難。果然，繆先生回信表示只能如此。我想，得知譚先生主動取消，川大歷史系分管財務的領導一定如釋重負。但譚先生與繆先生再也沒有見面的機會，成為他們終身憾事。本來各單位對報銷機票控制很緊，如只有教授可以，副教授以下都要特別批准。有一階段機票的漲幅大，但高校的經費沒有增加，對乘飛機的審批反而鬆了，只要你有經費，助教都能報銷。1996 年起我當研究所所長，每年歸我支配的經費是 8,000 元，直接分了，教授每人 300 元，副教授以下 250 元，出差報告上隨便你乘什麼，照批不誤。

現在的年輕人乘國際航班，主要關心的是行李是否超重，實在超重也不是付不起超重費。但二三十年前我們乘國際航班，超重費等於天價，所以在裝行李時精打細算，隨身行李用足政策，辦託運手續時軟磨硬纏，實在不行時還有備用方案——不是轉移到隨身行李，就是讓等候在旁的親友帶回，付費是絕對捨不得的。

主要的麻煩還是買不到或買不起合適的箱包。1985 年 7 月我們一家三口去美國，可以帶六件行李，新買了一個行李箱，加上家裏唯一稍大些的箱子，其他四件只能用紙箱。那時買不到封箱帶，只能用行李帶和繩子紮緊。國內買的行李箱很重，卻不結實，最糟糕的是鎖具，不是打不開就是鎖不上。出國前得到警告，美國機場搬行李的工人都隨手摔，必須加固加鎖。但在紐約機場取行李時，還是有好幾個箱子壞了，有兩個已經散架。我有兩個紙箱雖已

變形，卻沒有散開。以後國內開始生產新款行李箱，有的還是中外合資企業引進外國技術或樣品生產的。但由於品牌款式有限，同一航班往往有好幾個顏色款式相同的箱子。有的箱子沒有放上明顯的標誌，經常發生相互拿錯的事。1990 年我與復旦大學歷史系幾位同仁訪問日本，在大阪機場取行李時，一位同仁就發現自己的箱子已被取走。他次日參加會議時要穿的西服及日常用品都在箱子裏，幸而機場的服務效率很高，經過查詢，第二天早上就送到我們住的旅館。

行李沒有裝上所乘飛機，或者誤送至其他目的地的事，我在國內外航班也時有發生，所幸我只遇到過一二次。印象最深的一次是與一位青年同人由上海去美國印第安那，在底特律轉機，行李是託運直達的。但深夜到印第安納波里斯機場時，等不到他的行李。我陪他到行李櫃枱查詢，得知在底特律機場漏裝了，已經轉到明天第一個航班運來。他首次乘國際航班就遇到這樣的事，有點不知所措。值班人員一面道歉，一面寬慰他，明天上午一定送到我們的住處，並且送上一個小包，裏面裝着一件 T 恤，一條毛巾和一套洗漱用品。

還差兩個月就是我乘飛機 35 周年，「航旅縱橫」上顯示我自 2011 年以來乘了 393 次飛機，總飛行時長 938 小時 40 分，總飛行里程是 524,450 公里（不包括乘外國港台航班），還有 10 次未使用的航程。這一切不要說我年輕時的乘飛機夢中不敢想，就是 40 歲時乘上去美國的航班時也不會想到。既然夢想早已成真，為什麼在有生之年不作更美好的乘飛機夢呢？

編後記

　　去冬鄭培凱先生邀我編一本小冊子，在香港城市大學出版社出版。雖雅命難違，卻頗為難，因近年數量不多的新作大多已結集出版，年來所餘恐編不成一本。培凱先生熱情誘導：「此書在香港以繁體字出版，未以繁體字出過的舊作亦可入選。」回家後翻檢舊作，倒發現一處資源 —— 近年在《騰迅網・大家》上發表過幾篇字數不少的文章，簽約時預先保留了網絡以外的版權，似乎就是為了應培凱先生之命。而且媒體的友人一直告訴我，網絡的讀者與紙媒的讀者基本上是兩批人，則將這些文字結集出版既無侵權之虞，又得擴大讀者之利，豈不妙哉！遂以這幾篇為主，再收了幾篇未結集的近作，居然成書。

　　每次結集後，書名往往難產。待我獲知培凱先生已將此文叢命名為《青青子衿》，我立即想到了「悠悠我思」，何不以此為名？再檢書稿，發現「思」的成分少了些，恐名實不副。於是從舊作了選了幾篇與近年所思有關的、或自以為略有新思而未獲注意的，合而為此《悠悠我思》。

　　編輯陳小歡女史悉心編校，還設置了欄目，調整了次序，則又為這本小冊子增添了思味，不勝感激。

葛劍雄

2017 年 5 月 7 日